愛的教育

Cuore

從生活中學習的成長日記

目錄

義大利國民教育經典小說《愛的教育》

黃愛真（高雄市立一甲國中閱讀教師、光禾華德福語練教師、教育部閱讀推手）

前言

西元一八六六年，《愛的教育》在義大利甫出版，隨即造成轟動，產生人手一本的盛況。今日，多數義大利家庭仍廣泛流傳五本書，包括《愛的教育》、《聖經》、《神曲》、《木偶奇遇記》、《約婚夫婦》等。除了《聖經》以外，其他皆為義大利文學家的作品。其中《愛的教育》、《木偶奇遇記》反映十九世紀下半葉，義大利對教育的重視。而《愛的教育》一書更大量隱射當時義大利各獨立公國謀求統一的困難，以及在戰爭中建立兒童成為未來新公民的教育內涵。

另一方面，中文出版《愛的教育》也可以追溯到相當久遠的時間。民國初年，教育家夏丏尊閱讀日文版《愛的教育》，數度流淚，深受感動。再三琢磨後，將義大利原書名「心」（Coure）的少兒小說，命名為「愛的教育」，於一九二六年出版，意外將當時市面上各種翻譯／譯寫版本收編。直到當代，仍以夏丏尊翻譯與命名的《愛的教育》為主要中文版參照系統。

內容簡介

《愛的教育》描述義大利小學四年級的男孩恩利科，和學校老師、同學、家庭成員間的生活故事。恩利科家中五人，父親經商、母親為家庭主婦，還有一位永遠溫柔包容的姐姐希薇亞、一個同校讀書的弟弟。故事以恩利科升上小學四年級為開始，九個月後學期結束、搬家為終，描述這九個月的生活點滴。

四年級重新編班後，恩利科班上有五十四位同學，每個家庭述說了一則則的故事：班導師帕爾伯尼一年前喪母，孤身一人，把學校的孩子們當成自己的家人般關愛；同學中有永遠第一名的德羅西；身材高大、見義勇為的卡羅納；活潑開朗、照顧家庭、勤奮學習，父親是木柴商人並參與過獨立戰爭的科列帝；父親常常喝酒家暴，衣服總是不合穿的鐵匠小孩波列科西；父親赴美（其實在坐牢），仰賴母親賣菜維持生計的紅髮同學科羅西；還有幾位大反派孩子，如家境富裕的任性少爺諾比斯、狡猾且臉皮厚的弗朗帝等。

因為反派孩子的挑釁或霸凌，班級事件不斷發生，成為一件件多面向的教育示範，讓主角「我」與讀者「我」合為一體，感受每一個可能發生在你我班級的突發狀況，並告訴讀者「我」應該擁有什麼樣的價值觀，如何以美、善、愛和真誠來圓滿處理。至於「自我」的管理，最高指導原則是勤奮向學，而講求知識與勤勉學習的教育理念，背後隱含著當時義大利的歷史背景。

故事結構以日記體進行，穿插家人書信或家國意識的每月故事。日記體讓我們得以透過主角恩利科的眼光，看到他的日常生活與心中感受，這些內在檢視同時也是作家想要傳遞的普世價值，例如：對善意行為抱持感動、霸凌行為需要同學間的仗義勇為、自己內在善與惡掙扎的思考、如何將良善的心表現在行動力等。然而，四年級的孩子不一定有足夠的智慧克服心裡的「惡」，或者將「惡」轉「善」的反省付諸行動，這時，姐姐書信規勸與涵容、媽媽協助身障兒童善行的書信，成為指引孩子的方法。

至於老師每月提供一篇義大利各行政區域（當時義大利領土尚未完全統一）少年的故事，內容包括戰爭、護家等主題，似乎傳遞了戰爭中少年行為的典範：如何保家衛國，以及在戰爭與貧困下，培養獨立解決問題的能力。其中較為一般人熟知的故事，就屬曾經被改編成日本動畫的〈萬里尋母〉了。

戰爭與兒童

《愛的教育》故事時間設定在西元一八八〇年十月到一八八一年七月，書中提及同學科列帝的父親曾加入軍隊十五年，直到後來成為賣木柴的商人，不變的是願意對國家付出的滿腔熱血。故事提及的戰爭背景，和老師每月提供的少年愛國故事，包括義大利各區域少年為國犧牲、維護國家尊嚴、傳遞軍令等情節相呼應。而這些內容表露出戰爭中兒童少年的行為模範，以及成人對兒童少年的期待。

義大利早在羅馬帝國崩壞後，領土一直處在分裂狀態，由各小國分別治理，或者由歐洲鄰近國家如奧地利、法國等協商瓜分。十九世紀初，拿破崙曾經短暫統一義大利，一八一五年隨著拿破崙政權結束，義大利再次分裂。然而在法國大革命之後，民族主義興起，義大利各小國在此觀念下願意統一，但奧地利被認為是阻礙統一的最大絆腳石。

十一月的每月故事〈倫巴迪的小哨兵〉講述一八五九年解放倫巴迪戰爭，法國和義大利聯合對抗奧地利。戰爭中，十二歲的義大利男孩為了協助軍隊查看奧軍動向，爬上白蠟樹頂，最後被奧軍發現而遭射殺身亡。義大利於十九世紀中期後，經歷三次革命和一系列戰爭，大致完成統一於第一次世界大戰之後。也就是說，整個十九世紀，義大利幾乎都處在統一戰爭與民族主義的建構過程，也是作者寫作與出版《愛的教育》的時期。

現代的孩子可能很難體會身處戰爭是什麼樣的情形，戰爭時孩子又應該身負什麼樣的任務與責任。《愛的教育》透過每月故事、學校生活，暗示了孩子可能具備的態度。

研究「兒童與戰爭」關係的學者，曾探討兒童在戰爭中的角色，並嘗試提供戰爭與兒童關係的思考。在戰爭中，兒童往往也承擔著與成人類似的抗戰責任，但是成人如何建構兒童對戰爭的集體經驗想像與抵抗方式？亂世時代，個人所面對的道德困境，兒童是否可以因為其年幼或思想不成熟而避開此難題？

無論在和平或戰爭中，成人對兒童的教育不是背負槍彈上戰場，而是具備知識、信仰和意志。正如同《愛的教育》，敘述在顛沛流離的時代下，成人賦予兒童更多的責任，包括重覆提醒孩子勤奮向學，以及成為未來公民角色的期待。作者以抒情浪漫的少兒文學筆調，讓少年感動並投射在角色中。

由此可以理解，這本書為什麼能使身處國家動盪時的夏丏尊數度流淚，並讓《愛的教育》成為多數義大利家庭除了聖經之外的經典藏書。書籍內容乘載義大利國家獨立的歷史見證，以及統一後義大利新公民教育典範的代表精神。

參考資料

*徐蘭君，《兒童與戰爭－國族、教育及大眾文化》，北京市：北京大學出版社。2015 年出版。

*Cuore - by Edmondo de Amicis（https://www.italyheritage.com/learn-italian/literature/de-amicis-cuore.htm）

*羅東高中歷史教學網站（http://120.101.70.2/history/history9/newpage24.htm）

*明倫月刊（http://www.minlun.org.tw/old/362/t362/t362-4-4.htm）

*By John Hooper and Anna Kraczyna, ESSAY：The Truth About Pinocchio's Nose, The New York Times, May 10, 2019.（https://www.nytimes.com/2019/05/10/books/review/pinocchio-carlo-collodi-lorenzini.html）

第一章　新學期開始

十月十七日：開學日

今天是開學日，三個月的假期「咻——」地結束了。今天早上，媽媽帶著我到小學註冊。街道上的學生熙來攘往，許多家長正擠在書店裡，替孩子添購書包和作業簿。校門口前早已擠得水洩不通，工友伯伯和警察拚命地疏導人群。到了校門口，有人拍了一下我的肩膀，我回頭一看，原來是我三年級的導師！他擁有一頭鬈曲的紅髮，總是面帶微笑。

老師對我說：「恩利科，我們被分配到不同班了。」

雖然我早就知道這件事情了，但是聽老師這麼一說，還是難過了好一會兒。我費了九牛二虎之力才擠進學校，看見不管是有錢的太太、紳士、家庭主婦、工人、軍人、奶奶、女傭，大家都一手牽著孩子，一手拿著註冊單，坐在大接待廳

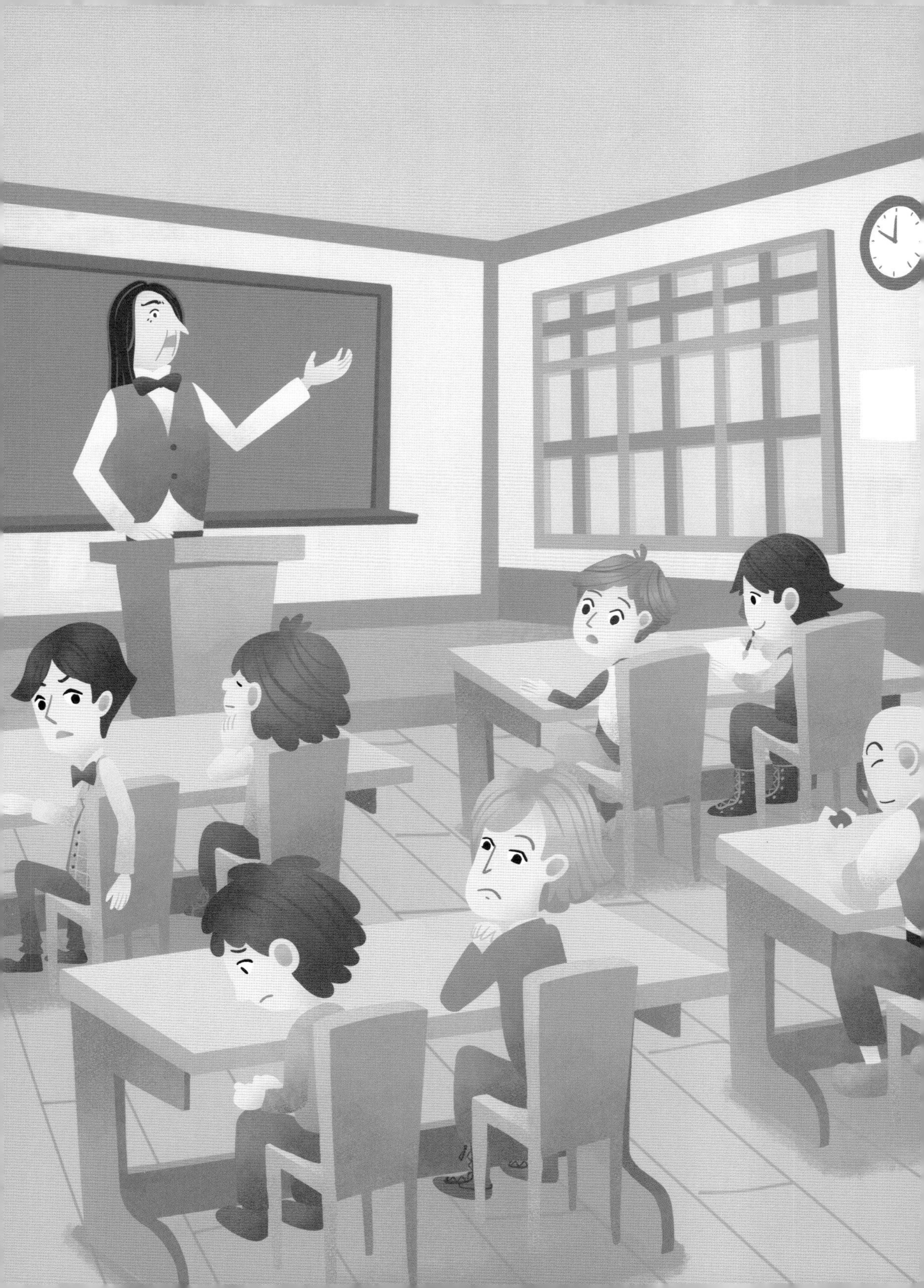

裡等著，喧嘩聲此起彼落，像電影院一樣熱鬧。一樓的大接待廳可以通往七間教室，能夠再次看見大接待廳讓我感到興奮無比，因為這三年來，我幾乎每天都會經過這裡。

校長被一群婦人們包圍，因為她們的孩子找不到自己的座位。我發現校長的白頭髮比去年多了一些，同學們長得比以前更高了。一樓的教室已經分好了班，一年級的新生倔強得像驢子一樣，怎麼也不肯進教室，父母必須強行將他們拉進去，但沒過多久，就有一些學生跑了出來。有的新生看見父母離開，忍不住哇哇大哭，父母又得回去安撫他們，或者乾脆帶他們回家，老師們也無法招架。

我的弟弟被分到戴卡迪老師的班級，我則被分到二樓帕爾伯尼老師的班上。早上十點，大家都已在教室裡就坐。我們班一共有五十四個人，其中有十五、六位是我三年級的同學，總是考第一名的德羅西也在我們班上。

一想到暑假時在山林裡自由自在玩耍的情景，我就覺得學校好小，憋得我好難受！我又想起了三年級的導師，他的身材瘦小，就像我們的同學一樣，十分平易近人。以後，我就再也看不見他和他的紅色鬈髮了。我現在的導師個子瘦高，沒有鬍子，長長的黑髮裡有幾根白髮，額頭有一道筆直的皺紋，臉上沒有笑容。他說話的聲音十分宏亮，一直目不轉睛地盯著我們看，好像要摸透我們心中所有的祕密。

我心想：「唉！今天才第一天，往後還有九個月呢！一想到將來有許多作業和考試，我就累得動也不想動！」

放學時，媽媽在校門口等我，我迫不及待地跑過去吻她的雙手。她對我說：「恩利科，打起精神來，媽媽會陪著你的。」

我與高采烈地和媽媽一起走回家。只是少了那位和藹可親的三年級導師，學校生活似乎變得沒那麼有趣了。

十月十八日：我們的老師

今天上午上完課，我開始喜歡我的四年級導師了。我們走進教室時，老師已經坐在位置上。有幾位他去年教過的學生來向他問好，他們走進教室摸摸老師的手之後，匆忙地走了出去，顯然大家都很喜歡他。

雖然老師會回握學生的手，但是他卻沒有正眼瞧他們。他的表情嚴肅，額頭那一道筆直的皺紋十分明顯。他把臉面向窗戶，眼睛一直看著對面的屋頂，好像跟學生打招呼是一件不愉快的事情。

接著，老師命令大家做聽寫練習，他一邊念，一邊從講臺上走下來，在課桌間走來走去。他看見一位學生的臉上起了紅疹，立刻停止聽寫，兩手托著學生的腦袋細心查看，並用手摸摸他的前額，看看他有沒有發燒。這時，老師身後的一位學生站在椅子上，扮起鬼臉。老師立刻轉過頭，他便趕緊乖乖坐好，低著頭等待老師的處罰。

沒想到，老師只是拍拍他的頭，說：「以後不可以這樣！」

做完聽寫後，老師默默掃視我們片刻，用他宏亮的聲音，慢慢地對我們說：「各位同學，我們將在一起生活一年，大家都要珍惜這得來不易的緣分。去年，我的母親過世，因此在這個世界上，除了你們，我沒有別的親人了。你們就是我的孩子，我真心愛你們，希望你們也愛我。我不想處罰任何人，希望你們好好表現，讓我能夠打從心底疼愛你們。我們的班級是一個大家庭，你們就是我的慰藉和驕傲。你們不用口頭上答應我，因為我相信你們已經在心裡給了我答覆。」

這時，工友伯伯走進教室，通知大家放學時間到了，於是大家默默地整理書包。那位扮鬼臉的學生走到老師面前，用顫抖的聲音說：「老師，對不起。」

老師吻了一下他的前額後，說：「回去吧，孩子。」

十月二十五日：我的同學

卡羅納是我在班上最好的朋友，也是班上個子最高、力氣最大的孩子。他頭大肩寬，臉上總是掛著討人喜歡的微笑，經常像大人那樣思考問題，處理事情。卡羅納的身材粗壯高大，但上衣

和褲子都太短，袖口太窄，小小的帽子幾乎遮不住剃光的大腦袋。他的鞋子大而粗糙，領帶扭得像一條繩子，見到他這種打扮，不論是誰都會開懷大笑。

我也很喜歡科列帝，他身穿巧克力色背心，頭戴貓皮帽子，性情活潑開朗。他的爸爸是木柴商人，曾經是溫伯爾托國王手下的一員大將，參加過一八六六年的戰爭，拿到三枚勳章。

個子小小的納利其貌不揚，有點駝背，看起來沒什麼精神。總是穿得光鮮亮麗的孩子名叫沃提尼，家境富裕。坐在我前方的男生，因為他爸爸是泥瓦匠，所以大家給他取了個綽號叫「小泥瓦匠」。他有一張圓得像蘋果一樣的臉，長著蒜頭鼻。他有一項特殊才藝——扮兔臉，大家經常叫他扮兔臉，逗得所有人哄堂大笑。他的頭上戴著一頂

軟綿綿的小帽子，不戴的時候就揉成一團塞進他的口袋裡。

小泥瓦匠旁邊坐著卡羅菲，他瘦瘦高高的，鼻子像貓頭鷹一樣，眼睛小得瞇成一條縫，經常用鉛筆、畫像、火柴盒等小東西和別人交易，興趣是收集郵票。有一位叫卡爾羅・諾比斯的男生，是個神氣十足的少爺。我很喜歡坐在他身旁的兩位同學，一個是鐵匠的兒子波列科西，穿著長至膝蓋的外套，臉色蒼白，聽說他的爸爸經常打他，所以他特別膽小，向別人請教問題，或是認為自己得罪別人時，總是說「不好意思」；另一個是長著一頭紅髮的科羅西，他因為生病，有隻手臂不能動，只能吊在肩上，垂到胸前，他的爸爸去了美國，媽媽是賣菜的。

我的旁邊坐著怪裡怪氣的斯達迪，是個矮胖的小個子，從不跟人說話，容易發火，老師講課時，要是誰想跟他說句話，那個人就倒大楣了。坐在他旁邊的叫弗朗帝，是個臉皮厚又狡猾的傢伙，他被別的學校退學才轉來我們班的。我們班長得最帥的學生就是德羅西了，他聰明透頂，對於老師的問題總是對答如流，這學年肯定又是他得第一名。

十月二十八日：閣樓上

昨天下午，媽媽看見報紙上刊登著一位窮困婦女需要救濟的新聞，於是帶著我和姐姐希薇亞一起到那位女人的住處。我們爬上一座高大的樓房，來到破舊的閣樓。媽媽敲了敲門，過了一會兒，一位消瘦憔悴的金髮女子出來迎接。

「請問您是報紙上報導的那位女士嗎？」媽媽問。

女人點了點頭，於是媽媽就將手裡的一袋衣服拿給她。女人接過後，不斷地對我們表達感謝，自言自語說個不停。

屋子裡空蕩蕩的，有個孩子背對著我們，坐在陰暗的角落。雖然燈光十分昏暗，但我還是立刻就認出那位滿頭紅髮的男孩，就是班上的同學科羅西。趁那位女士收拾衣服的時候，我悄悄告訴媽媽這件事情。

「噓！」媽媽輕聲說：「要是他看見母親正在接受別人的施捨，一定會覺得非常不好意思，千萬別讓他知道。」

就在這時，科羅西突然回過頭來，我頓時不知所措，呆愣在原地。沒想到，科羅西只是微微一笑，似乎並不是很在意。媽媽要我過去抱抱科羅西，於是我走過去緊緊抱住他，他站起來拉著我的手，什麼話也沒說。

「我和兒子住在這裡。」科羅西的媽媽說：「我丈夫已經去美國六年了，這些日子只能靠我努力賣菜維持生計。可憐的小科羅西，他好喜歡讀書寫字，幸虧市政府提供了一些書本和作業簿，他才能勉強去上學。」

我們從科羅西家出來時，媽媽的眼眶含淚，差點忍不住哭出聲來。她說：「你看看那孩子，即便在那樣的環境下成長，他仍然努力讀書寫字。你衣食無虞，生活優渥，卻還覺得上學很辛苦呢。我的恩利科啊，他一天的努力比你一年的付出還要多，像他那樣的孩子才應該拿第一名！」

爸爸的話：學校

我知道你覺得讀書很辛苦，我也幾乎沒有看過你去上學時是開開心心、精神飽滿的，我不喜歡這樣，你這孩子太不聽話了。恩利科，聽我說，你好好想一想，要是不去上學，日子會有多難過、多可怕？我敢肯定，不到一個星期，你就會對無所事事的生活感到厭倦，然後哀求我們讓你上學。

你想想，每天早晨去上學時，城裡還有其他三萬名兒童和你一樣，同一個時間到學校裡去，待在教室裡上課。甚至在這個時候，世界各國不知道有多少兒童也一樣正在上學的途中。想像這是一支密密麻麻的大軍，由一百個國家的兒童組成，你也是其中一員。如果你們不再奮勇向前，所有的人類將陷入可怕的愚昧和野蠻的混亂之中。你是這支隊伍的其中一個小兵，你要鼓起勇氣，奮起直追，書本就是你的武器，班級就是一支小分隊，戰場就是整個大地，勝利就是人類的文明。

我的恩利科啊，千萬別做戰場上的逃兵！

爸爸

每月故事：〈帕多瓦的愛國少年〉

不，我絕不當逃兵！不過，如果老師每天早上講一個像今天那樣的故事，我就會滿心歡喜地去上學。老師說：「每個月我都會講一則關於男孩做出高尚善行的故事，並讓各位抄寫下來。今天的故事叫做〈帕多瓦的愛國少年〉。」

一艘輪船從西班牙巴塞隆納起航，駛向義大利熱那亞。船上有法國人、義大利人、西班牙人和瑞士人。在這些人之中，有個衣衫襤褸，出身義大利帕多瓦郊區的十一歲男孩，他總是獨來獨往，不與人交談，並帶著仇恨的目光掃視人們。他的目光之所以會帶著敵意，是因為他的父母在兩年前將他賣給一位街頭賣藝的老闆，老闆經常打罵他，逼迫他拚命訓練雜技，帶他到法國和西班牙四處表演，卻不給他填飽肚子。到了巴塞隆納，他終於忍無可忍，逃到義大利領事館尋求協助。領事館內的官員同情他，安排他搭上這艘輪船，並托他帶給熱那亞警察局長一封信，囑咐警察局長將男孩送回他父母親的身邊。

男孩被安排在二等艙，所有乘客都上下打量著他。幾個人主動與他攀談，

他也不理不睬，悲慘的經歷讓男孩封閉了自己的心靈。然而，經不起其中三名旅客追根究柢地打聽和詢問，他終於開口說話了。他用夾雜了西班牙語和法語的義大利方言，講述自己的身世。這三位旅客不是義大利人，不過他們能聽懂男孩說的話。大概是出於憐憫，或者是喝醉了，他們給了男孩一些銅幣。

男孩一邊把錢塞進口袋裡，一邊輕聲道謝。他的雙眼閃耀著喜悅的光芒，臉上露出久違的笑容。他爬上臥鋪，放下床幔，躺下來思考著該如何運用這筆錢。他已經挨餓兩年，用這些錢可以在船上買幾樣美味的食物；他的衣服早已破爛不堪，到了熱那亞，他該添購一件新衣了！他還應該留一些錢回家，否則沒有臉面對父母。這些銅幣對他來說，簡直是一筆為數不小的財產。他在床幔後面喜孜孜地幻想著美好時刻的到來。這時，那三位旅客正圍著一張桌子開懷暢飲，喋喋不休地談論起旅途中的所見所聞，以及造訪過的國家。

當他們談到義大利的時候，一個抱怨義大利一無是處，一個對義大利的火車大發牢騷，另一個說義大利除了騙子和強盜，什麼也沒有，大家的情緒一個比一個還要激動。

「愚昧無知的民族。」一個說。

「骯髒不堪的民族。」另一個說。

「小……」第三位慷慨激昂，想不到「小偷」二字還沒來得及說出口，頭上忽然有大量的銅幣傾瀉而下。這些錢砸在三位旅客們的頭頂和肩膀後，叮噹作響地掉在桌上和地板上。三人勃然大怒，猛然站起身，抬頭向上觀望。這時，又有一大把錢幣砸在他們的臉上。

「拿回你們的臭錢！」男孩從床幔後探出頭，鄙視著他們說：「你們辱罵了我的祖國，我才不屑拿你們的錢！」

第二章　我的同學們

十一月七日：燒炭工與紳士

我保證，昨天卡爾羅．諾比斯對貝迪說的那種話，卡羅納是絕對不會說的。諾比斯的爸爸是地方上的有錢人，所以他就趾高氣揚，目中無人。他的爸爸身材魁梧，蓄著濃密的黑鬍子，表情十分嚴肅，幾乎每天都接送兒子上下學。

昨天早上，諾比斯和班上個子最小的男生，也就是燒炭工的兒子貝迪吵架。諾比斯自知理虧，說不過貝迪，就氣急敗壞地對他說：「你的爸爸是乞丐！」

貝迪頓時面紅耳赤，說不出一句話，眼淚奪眶而出。他回到家裡，就把事情的經過一五一十地告訴爸爸。下午，全身黑抹抹、個子矮小的燒炭工帶著孩子來學校，向老師抱怨這件事情。大家默不作聲，只是靜悄悄、全神貫注地聆聽著。諾比斯的爸爸就像往常一樣，正在教室門口替兒子脫外套，他聽見有人談論到自己的名字，便走進教室，詢問發生了什麼事。

「這位先生正在抱怨您的兒子對他的孩子說：『你的爸爸是乞丐！』」老師嚴肅地回答。

諾比斯的爸爸聽完後，羞愧地無地自容，皺著眉頭問兒子：「卡爾羅，你有說過那句話嗎？」

諾比斯站在教室中央，不發一語。他的爸爸拽著兒子的衣袖，把他拉到貝迪面前，說：「快說對不起！」

燒炭工以和事佬的口吻，在一旁說：「算了，算了。」

但是諾比斯先生不理他，依然勸兒子說：「跟著我說：『對不起，我說了惡毒的話侮辱你的父親，請你原諒我。如果我的父親能緊握你父親的手，我們會感到非常榮幸！』」

諾比斯低著頭，輕聲細語，斷斷續續地說：「對不起，我說了——惡毒的話——侮辱你的父親，請你——原諒我。如果我的父親——能緊握你父親的手，我們會——感到非常榮幸。」

諾比斯先生向燒炭工伸出手，燒炭工用力緊握著。接著，燒炭工推了兒子一把，兒子也知道爸爸的意思，就撲到諾比斯懷裡，兩人緊緊擁抱。

「老師，請您讓他們坐在一起，可以嗎？」諾比斯先生對老師說。於是，老師讓貝迪去坐諾比斯旁邊。等兩個孩子就坐之後，諾比斯的爸爸便告辭了。

燒炭工若有所思地站了片刻，目不轉睛地盯著兩個孩子看。他來到兩人的課桌前，帶著愛憐和抱歉的表情看著諾比斯，彷彿想說些什麼，最終卻還是什麼也沒說。他伸手想摸摸諾比斯表示慈愛，但是似乎沒有這個膽量，只是用他粗大的手指輕輕碰了一下諾比斯的額頭。他走到教室門口，回頭瞥了諾比斯一眼，才慢慢離開。

老師語重心長地對我們說：「孩子們，你們要好好記住今天發生的事情。這是本學年最精采的一課了！」

十一月十三日：好友科列帝

今天是星期日，我在街道上悠閒地散步，途中經過一輛停在商店前的馬車，聽見有人喊我的名字。我回頭一看，原來是我的好朋友科列帝。他穿著巧克力色背心，頭戴貓皮帽子，肩上扛著一捆粗重的木柴。雖然他累得汗流浹背，但還是笑呵呵的。站在馬車上的男人遞給科列帝一捆木柴，他接過後，馬上扛進他爸爸開的柴鋪裡。

「科列帝，你在做什麼？」我問。

「你沒看見嗎？」他一邊伸手去接木柴，一邊回答：「我正在複習功課呀！」

我忍不住笑了，但是科列帝的表情非常認真。他接過一捆木柴，一邊跑，一邊唸：「動詞變化……動詞會根據數量和人稱的變化而改變……」

這是我們明天文法課要上的內容。

「沒辦法，我只能利用零碎的時間複習功課了。」科列帝說：「我爸爸跟一位叔叔去做生意，母親臥病在床，所以我得一邊幫忙做家事，一邊複習文法。這一課的文法真難，怎麼背也背不起來！」然後他又對馬車上的男子說：「我爸爸說，他晚上七點才會回來，到時候再付錢給您。」

等馬車走了之後，科列帝熱情地邀請我到他家作客。我走進柴鋪，看見到處都堆放了一捆一捆的木材和柴堆。

「今天是我最忙碌的一天了！我得複習功課，還要做練習題，可是每當我在做習題時，馬車就來了。今天上午，我已經去了兩次威尼斯廣場的木柴市場，雙腳累得站不穩，手臂也瘦得不得了。要是今天得完成繪畫作業，那我就慘了！」說完，科列帝拿起掃帚，清掃地上的樹葉和細枝。

「科列帝，你在哪裡做功課？」我問。

「我帶你去看吧！」科列帝回答。接著，他引領我到店鋪後方的一間屋子。這裡顯然是廚房兼飯廳，牆角擺著一張桌子，上面放著教科書、作業簿和未完成的作業。

「這裡就是我寫作業的地方。」科列帝說：「啊，第二題好像還沒寫完。皮能做皮鞋、皮帶，還能做皮箱。」科列帝提起筆，快速地在作業本上寫下答案。

「有人在嗎？」店鋪裡有人叫了一聲，原來是個來買柴的女人。

「來了！」科列帝趕緊跑出去，秤了柴，收了錢，在帳簿上記了帳，又回來繼續做功課，並對我說：「看看這次能不能做完複合句的練習。」

他在作業簿上寫下：旅行背包，士兵的旅行背包。

「糟糕，咖啡都溢出來了！」他飛快地跑到爐子前，取下咖啡壺。

「走吧，你和我一起把咖啡端給我媽媽，我想她一定會很高興看到你。」科列帝帶我走進一間小臥室，他的媽媽正躺在一張大床上，頭上敷著一塊白毛巾。

「媽媽，咖啡煮好了。」科列帝遞給他媽媽一杯咖啡，然後說：「這位是我的好朋友。」

「噢！好孩子，你是來探望我的嗎？」科列帝的媽媽對我說。

科列帝替媽媽整理枕頭和被褥，往爐火裡添加柴薪，趕走櫃子上的貓。

「媽媽，還需要什麼嗎？」他一邊收走咖啡杯，一邊問：「您喝過兩小匙的咳嗽糖漿了嗎？要是喝完了，我可以再到藥鋪買藥，反正我已經搬完木柴了。我會按照您說的，四點把肉放到爐子上加熱，等賣奶油的女人來了，我會把八個銅幣還給她。我會做好所有的事情，所以您就安心地休息吧。」

「我的好兒子，謝謝你！」媽媽說。

我們回到廚房，科列帝對我說：「晚上我再把剩下的練習題做完吧！看來今天得通宵熬夜了。你真幸福，有時間寫功課，又有時間散步。噢，馬車來了，我得趕快去卸貨了！」

滿載木柴的馬車停在柴鋪前，科列帝跑出去和車夫咕噥了幾句，馬上回來對我說：「對不起，今天不能繼續陪你了。你能來我家真是太好了，明天見！」

科列帝緊緊地握了一下我的手之後，匆匆忙忙地跑去工作了。他在馬車和店鋪間來回穿梭，貓皮帽子下的臉龐就像盛開的玫瑰一樣漂亮。他容光煥發、動作敏捷的模樣，令人感到愉快。

科列帝啊，真正幸福的人不是我，而是你，因為你既勤奮向學，又努力替父母分憂解勞，你實在是比我好太多了啊！

十一月二十三日：納利的保鑣

納利善良用功，但身材瘦小，臉色蒼白，連呼吸都感到困難。他的媽媽很疼愛他，怕他出校門時被亂哄哄的學生推倒在地，因此每天都來接他放學。由於納利有點駝背，因此許多孩子嘲笑他，甚至用書包打他的後背。納利逆來順受，從不反抗，也不向媽媽打小報告，因為他不想讓媽媽知道自己是同學們的笑柄，惹得媽媽傷心難過。別人取笑他，他要不是保持沉默，就是趴在課桌上哭泣。

一天上午，卡羅納猛然站起來說：「誰再欺負納利，我就狠狠打他一頓！」弗朗帝不吃這一套，下一秒，果然被卡羅納打得四腳朝天，落荒而逃。從此之後，沒有人再欺負納利了。老師知道後，便安排卡羅納坐在納利的旁邊，他們倆自然成了要好的朋友。納利非常喜歡卡羅納，每當他走進教室前，都會先查看卡羅納是否已經到了。放學時，納利也總是會和卡羅納互道再見。

卡羅納十分照顧納利，只要納利的鋼筆或課本不小心掉到地上，他就會立刻彎下腰替他撿起來。有時，他還會替納利整理書包和服裝儀容。正因為如此，納利和卡羅納情同手足。最終，納利還是把他在學校的遭遇和卡羅納的善行告訴了媽媽，所以今天上午才會發生以下這件事情：

下課前半小時，老師吩咐我把課表送到校長室。恰巧納利的媽媽正在和校長談話，她問校長：「我兒子的班上是不是有位叫做卡羅納的孩子？」

「是的。」校長回答。

「請您把他叫出來一會兒好嗎？我有話想對他說。」

校長命令工友伯伯到教室去請卡羅納過來。不一會兒，光著腦袋、神色驚訝的卡羅納出現在校長室門口。納利的媽媽一看見卡羅納，立刻跑到他的面前，把手臂搭在他的肩上，吻著他的前額，說：「親愛的孩子，謝謝你一直保護著我的兒子，還和他做朋友！」

她伸手摸了摸口袋，又看了看錢包，可是什麼也沒有。於是，她從脖子上摘下一條掛著十字架的項鍊，戴在卡羅納的脖子上，並對他說：「孩子，這條項鍊就給你留作紀念吧，作為納利的媽媽，我衷心地謝謝你，並祝福你。」

十一月二十五日：班長德羅西

卡羅納叫人愛戴，德羅西則是令人佩服。德羅西幾乎每學年都得第一名，誰也比不上他。他在所有的科目上都表現得相當傑出，數學第一、文法第一、作文第一，就連繪畫也拿第一。他一學就會，記憶力驚人，絲毫不費吹灰之力就能成功。對他而言，讀書就像玩遊戲那樣輕而易舉。

老師經常對他說：「德羅西，你千萬不能辜負上帝給你的天賦，知道嗎？」

德羅西身材高挑，眉清目秀，金黃色的頭髮十分耀眼。他是商人的兒子，穿著鍍金鈕釦的深藍色西裝，性情穩重，對人彬彬有禮。快要考試的時候，他樂於幫助每一個人，所以誰也不敢對他粗暴無禮，或是說他壞話。班上只有諾比斯和弗朗帝會用輕蔑的眼神看德羅西，沃提尼則是對他心懷嫉妒，但是德羅西絲毫不以為意，他為人大方，不管對誰都一視同仁。

噢，我也像沃提尼一樣嫉妒他了！有時我在家裡絞盡腦汁寫作業，只要想到德羅西早已輕鬆完成習題，心裡就很不是滋味，甚至燃起想跟他作對的念頭。但是當我一回到學校，看見他是那樣地親切友善、受人喜愛，我的嫉妒就馬上拋到九霄雲外了，甚至對自己的想法感到羞愧萬分。從此之後，我經常與他一起做功課，他的聲音給了我許多勇氣，並激發了我學習的欲望。

老師將明天要講的每月故事〈倫巴迪的小哨兵〉交給德羅西抄寫，我看到他今天早上抄寫時，似乎被故事中的英雄行為感動，他臉色通紅，熱淚盈眶，嘴唇微微顫抖。我出神地望著他，心想：「德羅西啊，你樣樣都比我好，和我相比，你簡直就像是個大人！我打從心底崇拜你！」

每月故事：〈倫巴迪的小哨兵〉

故事發生在一八五九年解放倫巴迪戰爭期間，法國和義大利在索爾菲里諾和聖馬提諾戰役打敗奧地利之後的幾天。

六月一個美麗的早晨，一支騎兵小隊沿著偏僻的鄉間小道向敵人挺進，觀察著戰場上的每一個動靜。這支小隊由一位軍官率領，他們來到一間白蠟樹掩映的鄉村小屋，看見一位約十二歲大的男孩正在削樹枝。屋裡沒有人，農民由於害怕奧地利人，就全部逃走了。男孩一看見騎兵，立刻停止動作，摘下頭上的帽子來回擺動。他的臉龐俊秀，神情堅毅，一雙大大的藍眼睛閃耀著光彩，耀眼的金色頭髮十分引人注目。

「你在這裡做什麼？」軍官勒住馬問：「為什麼不和家人一起逃走？」

「我是孤兒，靠著打零工過活，為了看打仗，就留在這裡了。」男孩回答。

「你有看見奧地利人從這裡路過嗎？」

「沒有，最近三天都沒見過。」

軍官思索片刻，從馬背上跳下來，命令士兵繼續在原地觀察前方敵人的動靜，自己爬上屋頂。無奈，屋子不高，從屋頂上只能看到原野的一小塊地方，於是軍官默默地從屋頂上爬下來。

庭院前方有一棵高聳入雲的白蠟樹，軍官沉思了一會兒，先看看樹木，再看看士兵，然後猛然轉身問男孩：「小傢伙，你的視力好嗎？」

「我能看見一英里遠的麻雀！」男孩回答。

「你能爬到樹頂嗎？」

「我不用半分鐘就能爬上去！」

「那麼你願意爬上去，並告訴我你看到的一切嗎？例如前面有沒有奧地利人，有沒有閃著亮光的槍枝或馬匹等。」

「沒問題！」男孩興奮地回答。

「你替我辦事，想要什麼報酬嗎？」

「我什麼都不要。」男孩微笑著回答：「我非常樂意替自己人辦事，要知道，我是倫巴迪人！」

「很好，那你趕緊爬上去吧！」

男孩脫了鞋，把帽子扔到草地上，抱著樹幹開始往上爬。不一會兒，男孩就到了樹頂，他抱著樹幹，兩條腿被濃密的樹葉覆蓋，只看得見上半身。他為了看得更遠，於是放開抱著樹幹的右手，擱在額頭前，注視著前方。

「你看見什麼？」軍官大喊。

男孩把手捲成圓筒狀，對準嘴巴，大聲對軍官說：「有兩名騎兵站在泥土路上。」

「他們在那裡做什麼？」

「只是站著。」

「你看看右邊有什麼！」軍官命令。

男孩往右邊看去，過了一會兒，說：「墓地附近有一些閃閃發亮的東西，可能是刺刀吧！」

「有人嗎？」

「沒有，也許躲在麥田裡。」

這時，一顆子彈從高空呼嘯而過，發出颼颼聲響，落在房子後面不遠處。

「小傢伙，下來！他們已經發現你了！」軍官大喊。

「我不怕！」

「那麼，你替我看看左邊有什麼東西。」

男孩探頭往左邊看去，一聲更加凌厲的聲響劃破天空。

「天啊，他們差點就射到我了！」男孩驚叫。

「快下來！」士官著急大喊。

「等一等，我先替您看看左邊的敵情。」男孩固執地說：「左邊有一座教堂，旁邊還有……」

男孩的話尚未說完，一顆子彈又以迅雷不及掩耳的速度射了過來。沒過多久，男孩開始往下墜落，跌落到地面。他的背部著地，兩臂攤開，靜靜仰臥在那裡，殷紅的鮮血從左胸汩汩流出。軍官彎下腰，解開男孩的衣裳一看，原來一顆子彈打穿了他的左肺。

軍官臉色發白，凝視了男孩一會兒之後，轉身對士兵們說：「把他放到擔架上，他是替軍隊出任務獻出生命的，所以我們必須以軍人的儀式來安葬他！」

說完，軍官向男孩送上崇敬的吻，然後說：「上馬！」

於是騎兵小隊整隊集合，浩浩蕩蕩地上路了。沿途營地中的戰士們獲悉男孩犧牲的消息，紛紛向他致意。幾個鐘頭以後，男孩接受了軍禮。有一位軍官將自己的榮譽獎章放在孩子身上，另一位軍官走過去親吻他的前額，鮮花就像雨點般灑在孩子的光腳上、血染的胸口上和金黃的頭髮上。男孩靜靜地躺在綠油油的草地上，蒼白的臉蛋露出微笑，彷彿因為人們的致敬，而感到滿心歡喜呢！

第三章　善良的本性

十二月五日：虛榮心

昨天，我與沃提尼和他的爸爸沿著大街散步。沃提尼穿戴體面，不過講究得太誇張了。他腳穿繡著紅線的摩洛哥軍靴，身穿一件別緻的刺繡上衣，頭戴河狸皮帽，外套上還掛著一條金錶。沃提尼昂首闊步，神氣十足。不過，這次他的虛榮心害得他狼狽不堪。

我們沿著大街走了一大段路，沃提尼的爸爸因為走得很慢，所以被我們遠遠拋在後頭。我們來到一張長椅前，有個穿著簡樸的男孩坐在那裡，他低著頭，看起來十分疲憊。我們也在長椅上坐下，沃提尼坐在我和男孩的中間，他為了得到男孩的讚美和嫉妒，特地把腳抬起來，對我說：「喂，你看見我的軍靴了嗎？」

他說這句話的意思是想引起男孩的注目，但是男孩根本不理會。沃提尼放下

腳，又給我看了看他別緻的刺繡上衣，他朝男孩瞥了一眼，和我說他不喜歡這個款式。沒想到，男孩連看都不看一眼。沃提尼又把河狸皮帽拿下來，用食指頂著來回轉動。男孩好像故意和他作對一樣，還是不看他。

沃提尼開始生氣了，他摘下金錶，打開錶蓋，讓我看看裡面的零件。

「是鍍金的嗎？」我問。

「不，是純金的。」沃提尼回答。

「應該多少有銀的成分吧？」我說。

「怎麼可能！」沃提尼為了讓男孩看清楚，便把錶拿到他的面前，說：「你看看，這難道不是純金的嗎？快說話呀！」

男孩簡短地回答：「我不知道。」

沃提尼勃然大怒，高聲嚷道：「吼，你跩什麼！」

沃提尼說話的時候，他的爸爸正好迎面走來。他凝神看了看男孩，然後嚴厲地對兒子說：「住嘴！」

接著他彎腰俯身，貼著沃提尼的耳朵說：「他是個盲人！」

沃提尼驚訝得從長椅上彈起來，仔細端詳男孩的臉。男孩的眼球就像玻璃珠般毫無光彩，雙眼無神。沃提尼低著頭，不發一語，過了片刻，他才支支吾吾地對男孩說：「對不起，我不知道……」

男孩明白了一切，語氣溫和地說：「噢，沒關係。」

雖然沃提尼十分愛慕虛榮，但是他的心腸並不壞。回家的路上，他都哭喪著臉，顯然為自己的行為感到非常自責。

十二月十六日：雪球

今天上午從學校回家的路上，發生了一件糟糕的事情。一群學生從校門口衝出來之後，就開始用硬如石頭的雪球打雪仗。街道上，行人熙來攘往，幾位大人紛紛站出來喝止這群孩子。就在這時，大街對面忽然傳來一聲尖叫，只見一名老人雙手捂著臉，搖搖晃晃地走著，他身旁的一個孩子大聲喊道：「救命呀！」

人們從四面八方聚集過來，原來老人的一隻眼睛被大雪球砸中了。見到這種情形，原本正在打雪仗的孩子們紛紛四散逃跑。當時我的爸爸正在書店裡看書，我站在門口等他，我看見班上幾個同學朝我這邊急忙跑來，其中有卡羅納、科列帝、小泥瓦匠和愛集郵的卡羅菲。

老人的身邊圍了一群人，一位警察和幾個大人用威脅的語氣問道：「是誰丟的雪球？快點承認！」

卡羅菲站在我的旁邊，他渾身發抖，臉色慘白。這時，我聽見卡羅納低聲對他說：「是你丟的，對吧？快點去向老人賠罪！」

「可是，我不是故意的。」卡羅菲一邊回答，一邊顫抖。

「不管怎麼說，這是你的責任。」卡羅納一再開導。

「我不敢！」

「不用怕，我陪你去。」

卡羅納抓著卡羅菲的手臂，像扶病人一樣把他推到眾人面前。大家看了卡羅菲一眼，立刻明白他就是罪魁禍首。警察拽著卡羅菲的衣袖，把他帶進附近的一家麵包店，受傷的老人正坐在長椅上，眼睛貼著一塊紗布。

「我不是故意的，我不是故意的。」卡羅菲哭著求饒。

兩、三個人把卡羅菲按倒在地，要他跪在地上向老人賠罪。這時，有個人伸出手臂扶起卡羅菲，語氣堅定地說：「既然他已經認錯，大家就不要再責怪他了。」

原來，出面緩頰的人是校長。校長這麼一說，

大家也不再吭聲。

校長溫和地對卡羅菲說：「快向老人道歉，請求寬恕吧。」

卡羅菲抱著老人的膝蓋放聲大哭，一把鼻涕，一把眼淚地請求原諒。老人和藹地摸摸卡羅菲的頭，告訴他自己已經沒事了。

爸爸把我從人群中拉出來。回家的路上，他問：「恩利科，在這種情況下，你有勇氣承認自己的過錯，承擔自己的責任嗎？」

「有！」我回答。

「你能向我保證嗎？」他又問。

「可以，爸爸！」

十二月十八日：探病

今天，老師將下星期要講的每月故事〈佛羅倫斯的小抄寫員〉交給我抄寫。我抄寫完畢之後，爸爸對我說：「我問到了前天那位被雪球砸傷的老人的住址，我們一起去他家探病吧。」

我點點頭表示同意，於是爸爸帶著我到那位老人的家。我們走進燈光微弱的屋子，看見老人的背靠著枕頭，半躺半坐在床上，眼睛上還貼著紗布。他的妻子靜靜地坐在他身邊。

老人知道我們是特地前來慰問之後，感到相當驚訝與感謝。他告訴我們，他現在覺得好多了，過幾天就沒事了。

「唉，那不幸的孩子一定受了不小驚嚇。」老人看了看時鐘，然後說：「噢，醫生就快要來替我看病了。」

話剛說完，門鈴聲恰巧響起。

「一定是醫生來了。」老人的妻子一邊說，一邊打開門，想不到，外頭站著的居然是卡羅菲！他穿著長長的外套，站在門檻上，低著頭不敢走進屋內。

「是誰？」老人問。

「是扔雪球的那個孩子。」我爸爸回答。

「可憐的孩子，快進來。你是特地來看我的，對嗎？別擔心，我已經復原得差不多了。」老人慈祥地說。

卡羅菲緊張得不得了，絲毫沒有察覺到我和爸爸的存在。他努力忍住眼淚，直接走到老人的面前。他站在那裡，一動也不動，好像有千言萬語想說，卻什麼也沒說出口。

老人請妻子送卡羅菲出去，卡羅菲默默地走到門口，忽然間，他轉過身，從外套裡掏出一件東西交給老人的妻子後，飛快地跑走了。

老人和妻子將東西打開一看，大吃一驚，原來是卡羅菲珍藏已久的集郵冊。他將這本視為是半個生命的寶物送給老人，以換取老人對他的原諒。

朱里奧今年小學五年級，是個頭髮烏黑、皮膚白淨的男孩。朱里奧家的人口多，父親薪水少，因此生活相當拮据。父親非常疼愛朱里奧，幾乎是有求必應，但凡是涉及學業上的事情，父親從不遷就，要求十分嚴格，因為父親對朱里奧抱有很高的期望，他希望兒子畢業後能馬上找到工作，賺錢養家。

父親已上了年紀，但是為了養家餬口，除了粗重的正職工作之外，他還額外接了謄寫訂單的差事，經常熬夜到三更半夜才肯休息。有天，朱里奧對父親說：「爸爸，讓我來替你抄寫吧。」

父親一口回絕他的好意：「不用，孩子，你的課業比我的訂單重要多了。我不需要你做這種事，以後不要再提了。」

朱里奧很清楚父親的脾氣，知道自己絕對不可能說服他，於是不再固執己見，但是他在心裡打定主意，決定自己偷偷幫忙父親抄寫。一天夜裡，他等父親上床入睡後，便悄悄穿好衣服，摸索著走進父親的書房。他點燃油燈，在書桌前坐下來，桌上堆滿空白訂單和一份訂戶名冊。他提起筆，模仿父親的字跡寫了起來，填好的訂單愈來愈多，總共完成了一百六十張訂單。他把筆放回原處，熄了燈，躡手躡腳地回到床上睡覺。

隔天，父親清點填好的訂單時，什麼也沒發現。他拍著兒子的肩膀，樂呵呵地說：「朱里奧，你的爸爸還是相當能幹呢！昨天，我竟然比平時多做了三分之一的工作，而且還不覺得累呢！」

朱里奧聽了十分高興，他在心裡嘀咕：「噢，可憐的爸爸，既然他覺得自己變年輕了，我就鼓起勇氣，繼續做下去吧。」

這天晚上，朱里奧再次偷偷摸摸起床替父親抄寫。他接連抄寫了好幾夜，父親還是什麼也沒發現。只是有一天吃晚飯時，父親困惑地說：「最近家裡的煤油用得特別快，真是奇怪。」

朱里奧緊張得不得了，幸虧父親沒有多說什麼，所以他還是默默地繼續替父親謄寫訂單。可是，由於朱里奧每晚都沒有好好休息，因此早上起床後經常覺得渾身無力，晚上做功課時，也常常累得睜不開眼睛。

一天晚上，他有生以來第一次趴在作業簿上，昏昏沉沉地睡著了。

「喂，快起來做功課！」父親朝他大吼。

朱里奧從夢中驚醒，繼續做功課。可是接連幾個晚上都發生同樣的情形，他總是伏在書本上打瞌睡，好像根本無心學習。父親注意到他的異樣之後，憂心忡忡，最後竟忍不住責備他。要知道，父親從來沒有這樣責備過朱里奧！

有一天上午，父親對他說：「朱里奧，你最近非常不用功，我很不高興！你要知道，我們全家的希望都寄託在你身上，千萬別辜負我對你的期待！」

朱里奧第一次遭受父親如此嚴厲的責備，他心想：「不能再繼續這樣下去了，這場騙局該結束了！」

當天吃晚餐時，父親與高采烈地說：「這個月我謄寫的訂單比上個月多，所以多領到了一些錢！」

他一邊說著，一邊從抽屜裡拿出一盒點心，這是他特地買來和全家人一起慶祝的，大家開心地拍手叫好。

朱里奧一聽，立刻再次振作起來，他心想：「可憐的爸爸，我是不得已才瞞著你的。我決定，以後白天我要努力學習，晚上繼續替您分憂解勞。」

有一天，父親到學校去了解兒子的學習狀況，老師說：「朱里奧很聰明，但不像以前那樣積極學習了。他上課時常打瞌睡，精神恍惚，字跡也變得愈來愈不工整了。」

當天晚上，父親把朱里奧叫到面前，嚴厲地對他說：「你很清楚，我為了這個家日以繼夜工作，耗盡了精力，連老命都拚上了。可是你卻把我的話當作耳邊風，你心裡既沒有我，也沒有你兄弟和你媽媽！」

「爸爸，事情不是這樣的。」朱里奧一邊說著，一邊放聲大哭。

他本想把心裡的話全盤說出，但是父親打斷他，然後說：「全家人都必須有所犧牲、努力工作，才能維持生計。這個月，我原本指望能從鐵路局得到另一份工作，但是今天上午我才知道，他們已經把這個機會給了其他人了！」

朱里奧一聽，立刻把即將脫口而出的話吞回去。他再次下定決心：「不，爸爸，我什麼都不能告訴您。為了減輕您的負擔，我要繼續保守這個祕密。往後，我一定會好好學習，順利通過升級考試，還要幫助您維持一家生計！」

這樣的日子又過了兩個月，朱里奧白天無精打采，晚上拚命抄寫，父親則不斷嚴厲責備他，而且對他愈來愈冷淡，幾乎不與他說話。

朱里奧知道這件事總有一天非停止不可，每天晚上，他都會勸自己別再起床抄寫了，但是他覺得自己若安然就寢，就好像沒有盡到本分，因此還是會忍不住從床上爬起來，代替父親完成工作。

有一天晚上，父親對朱里奧說了一句嚴厲的重話。

母親端詳著兒子的臉，擔憂地對朱里奧的父親說：「朱里奧好像生病了，你看他的臉色多麼蒼白。」

「這和我有什麼關係。」父親冷淡地回答。

聽了父親的話，朱里奧心如刀割。從前只要他咳嗽一聲，父親就會替他擔憂，可是現在父親竟不再關心他了！

朱里奧在心裡嘀咕：「爸爸，沒有您的愛，我一天也活不下去，我決定說出實情，不再欺騙您了！」

然而，習慣成自然，朱里奧今晚還是偷偷摸摸地來到了父親的書房。他坐在書桌前，點燃油燈，準備最後一次替父親抄寫訂單。不料，當他伸手去拿筆時，竟不小心將一本書推落到地上。朱里奧驚恐不安，屏息傾聽，幸好沒有聽見什麼動靜。於是，朱里奧放心地開始謄寫訂單。在他埋首工作的期間，他聽見警察走在空曠大街上的規律腳步聲，接著是馬車戛然而止的聲音。過了一會兒，又聽到遠處傳來幾隻小狗的吠叫聲。

其實，父親早已站在他身後多時了。他被書本掉落的聲響吵醒，於是躡手躡腳地來到書房，想一探究竟。恰巧窗外的噪音掩蓋了他的腳步聲，因此朱里奧完全沒有發覺。父親看著兒子飛快地謄寫訂單，才驚覺自己錯怪他了。他伸出雙手緊緊地抱住朱里奧。

「噢，爸爸，請您原諒我！」朱里奧驚叫。

「兒子，對不起，是我錯怪你了！」父親泣不成聲地說。他將朱里奧抱回臥室的床上，為他整理好枕頭和被褥。

朱里奧對父親說：「謝謝爸爸，現在您也該去休息了，快去睡覺吧！」

但是父親想親眼看著兒子入睡，於是說：「我的孩子，你先睡吧。」

朱里奧實在太疲倦了，不一會兒就進入了夢鄉，他已經許久沒有好好睡上一覺了。隔天早晨，朱里奧睜開眼睛時，太陽已高掛在天空。他恍惚地覺得有人坐在自己的床邊，定睛一看，居然發現父親正趴在床沿呼呼大睡呢！

第四章　高尚的品格

一月四日：代課老師

今天，老師的身體不適，所以來了一位年輕的老師來替我們上課。代課老師的身材矮小，沒有鬍子，學生們都不怕他。大家在課堂上嬉鬧玩耍，大聲喧嘩，個性溫和的老師對我們說：「安靜，請各位不要再說話了。」

沒想到，大家反而變本加厲，亂哄哄的吵鬧聲完全掩蓋過老師的講課聲，不管老師怎麼警告、哀求都沒有用。校長甚至親自來到教室門口監督，但是他一離開，教室立刻恢復猶如菜市場般地吵雜。

卡羅納和德羅西不斷用臉部表情示意同學們保持安靜，但是根本沒有人理會他們。教室裡，有的人喋喋不休，有的人哈哈大笑，還有人到處亂射橡皮筋。代課老師一會兒抓住這個孩子的手臂，一會兒又把另一個孩子推到牆邊罰站，但是

都無濟於事，純粹是浪費時間。

老師在走投無路的情況下，用拳頭猛捶桌子，哭喪著臉大喊：「你們為什麼要這樣無理取鬧？拜託安靜！」

這時，工友伯伯突然走進教室，請代課老師到校長室去一趟，於是老師匆忙地離開鬧哄哄的教室。等老師離開後，卡羅納從座位上站起來，大發雷霆地說：「別胡鬧了！你們吃定老師好脾氣，為所欲為，真是膽大包天！誰要是再搗亂，放學後我一定會好好地修理他一頓！」

教室頓時鴉雀無聲。卡羅納的眼睛裡射出憤怒的光芒，彷彿一頭發怒的小獅子，威風凜凜的模樣真是叫人望而生畏。他一個個怒視著那幾位最調皮的學生，沒有人敢與他四目交接。

當代課老師雙眼紅腫的走進教室時，全班一片寧靜。他茫然地站在那裡，過了一會兒，他看見卡羅納怒容滿面的模樣，便明白了一切。老師非常感動，像對兄弟般對卡羅納說：「卡羅納，謝謝你！」

一月十日：鐵匠的兒子

老實說，我十分欽佩波列科西。他是鐵匠的兒子，身材瘦小，臉色蒼白，目光和善而悲傷，經常露出驚慌失措的表情。他膽小怕事，經常逢人就說：「對不起！」雖然他體弱瘦小，在學習方面卻非常努力。

波列科西的爸爸經常在外面喝得酩酊大醉，回到家裡就莫名其妙打他，把他的書本和作業簿到處亂扔。他常常臉上青一塊紫一塊地來上學，有時甚至被打得鼻青臉腫，即便如此，波列科西仍對他爸爸打他的事隻字不提。顯然，他是為了替他爸爸留點面子。

有一次，老師指著波列科西那本被燒毀一半的作業簿，問：「你的作業簿怎麼會變成這樣？」

波列科西發著抖，回答：「是我燒的，是我不小心把本子掉到火爐裡才燒成這樣的。」

其實，我們心裡都清楚是怎麼一回事。這是他做功課時，他的酒鬼爸爸一腳踢翻了桌子和油燈才燒壞的。波列科西住在我家這棟樓的閣樓，管理員時常將他的情況告訴我媽媽。有一天，我姐姐希薇亞聽見樓上傳來哭叫聲，原來是波列科西的爸爸連推帶拉，將他摔倒在樓梯口，只因為波列科西向他要錢買文法書。

他的爸爸整天喝得醉醺醺，遊手好閒，害得全家人跟著他挨餓。不幸的波列科西不知道有多少次是餓著肚子來上學的，他偷偷啃著卡羅納給他的小麵包，津津有味地咀嚼著老師給他的蘋果，卻從沒說過「爸爸不給我飯吃」之類的話。

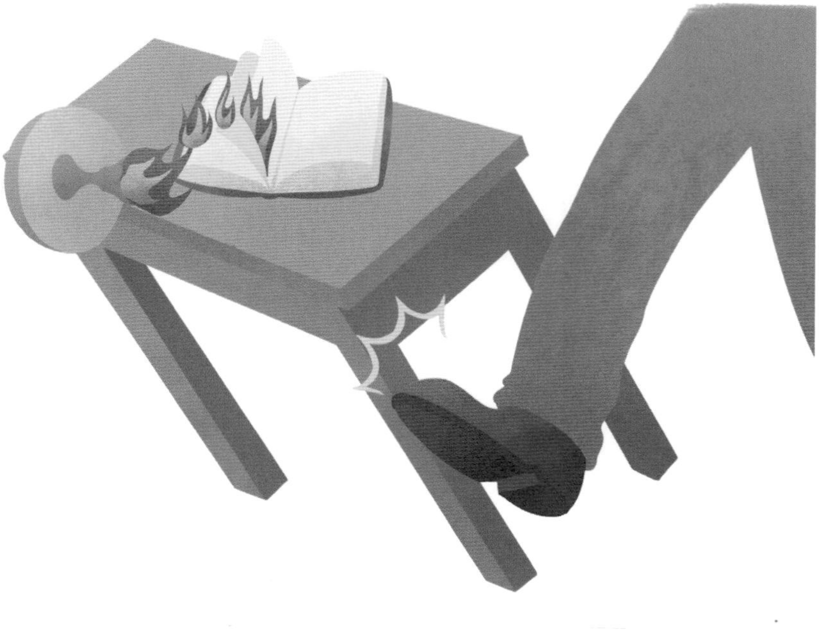

偶爾，他的爸爸會到學校來接他放學。他臉色慘白，雙腳不太靈活，走路搖搖擺擺，長髮垂在眼前，歪斜地帶著帽子。可憐的波列科西一見到爸爸，就像老鼠見到貓一樣渾身發抖，但他還是會勉強地堆出笑臉，朝爸爸跑去，而他爸爸卻彷彿沒看見他似地，根本不理他。

不幸的波列科西啊！他不得不修補損壞的作業簿，和別人借課本溫習功課，並用別針繫住殘破不堪的衣裳。每次看見他穿著不合腳的大鞋上體育課，我都會感到一陣鼻酸。他那長長的褲子一直拖到地面，寬大的上衣也是長得不能再長，只能將袖子捲到手肘。在這種情況下，他仍然用功學習，努力讀書。如果他在家裡能夠安安穩穩地做功課，我相信他的成績一定能夠名列前茅。

今天早上，波列科西帶著滿臉抓痕來上學。同學們見到他，紛紛對他說：「又是你爸爸弄的，對不對？你快去告訴校長，校長會把他送到警察局去的！」

波列科西跳了起來，滿臉通紅，氣得發抖，不斷地說：「不是，真的不是，我爸爸從來不打我！」

上課的時候，波列科西不停地掉眼淚，同學關心他的時候，他又強顏歡笑地掩飾自己內心的傷痛。他故作堅強的模樣，讓我看了相當不捨。

明天，德羅西和科列帝要來我家玩，我對波列科西說，歡迎他一起來。我真心希望他可以和我一起吃午餐，而且我還要送他一些書作為禮物！等他回家時，我要在他的口袋裡塞滿糖果，讓他留下美好的回憶。勇敢又堅強的波列科西啊，你值得擁有更好的生活！

一月二十五日：嫉妒

這次以祖國為主題的作文，寫得最好的依舊是德羅西，而沃提尼原本以為自己會得第一名呢！我現在的座位在沃提尼旁邊，所以最清楚他有多麼地嫉妒德羅西。他想和德羅西在學業上比個高下，拚命用功讀書，卻始終贏不過他。德羅西在各方面都勝過沃提尼十倍，對此他總是忿忿不平。

卡爾羅．諾比斯也嫉妒德羅西，但是他傲氣十足，絕不允許自己將這一面顯露出來，沃提尼則表現得十分明顯。在家裡，他經常抱怨老師給分不公正，還說老師故意與他作對；在學校，每次只要德羅西馬上回答出正確答案，沃提尼就會立刻沉下臉。他撐著頭，假裝沒聽見德羅西說的話，或是乾脆在一旁冷笑。

大家都知道沃提尼嫉妒德羅西，所以每次老師一表揚德羅西，大家就不約而同回頭去看沃提尼不滿的表情，而小泥瓦匠總在這個時候對他扮兔臉。

今天上午，沃提尼真是羞愧得無法見人了。

老師走進教室，當眾宣布考試結果：「德羅西滿分，第一名！」沒想到老師剛說完，沃提尼立刻打了個響亮的噴嚏。老師一下子就明白沃提尼的居心，瞥了他一眼，對他說：「沃提尼，別讓嫉妒的蛇鑽進你的身體裡，牠會讓人失去理智，腐蝕人的靈魂！」

除了德羅西，每個人都目不轉睛地盯著沃提尼。沃提尼什麼話也沒說，只是臉色鐵青地瞪著前方。老師講課時，沃提尼在一張紙上，大大地寫了一句話：

我才不羨慕那些因為受老師寵愛而得第一的人！

顯然，他想把這張紙條送給德羅西。

這時，我看見德羅西隔壁的幾位同學正在竊竊私語，其中一個人用削鉛筆的刀片在紙上割出一枚紙獎章，上面畫了一條黑蛇。下課的時候，那幾個同學來到沃提尼的座位，一本正經地將紙獎章頒給他，讓他氣得渾身顫抖。正當全班同學都準備好好欣賞這齣精采的鬧劇時，德羅西忽然大聲說：「把獎章給我！」

「好啊，由你頒給他更好！」那幾位同學齊聲說道。

沒想到，德羅西接過紙獎章後，立刻將它撕成碎片。這時，老師正好大步走進教室，大家只好乖乖回到座位上。我盯著沃提尼，看見他羞愧得面紅耳赤。他裝作漫不經心似地拿起自己寫的紙條，趁別人不注意時，偷偷把它揉成一團，塞進嘴裡，咀嚼了一會兒後，吐到桌子底下。

放學時，沃提尼正好經過德羅西的座位旁，不小心將吸墨紙掉到地上。熱心的德羅西趕緊幫他撿起來放進書包，沃提尼羞愧地低著頭，不敢看德羅西一眼。

每月故事：〈薩丁島的少年鼓手〉

一八四八年七月二十四日，庫斯托札戰役開打的第一天，我軍步兵團大約六十名士兵奉命前往某高地，去占領一棟空屋作為防守基地。

他們快要抵達房子時，突然遭到奧地利士兵猛烈襲擊，子彈有如雨點般從四面八方傾瀉而來，他們不得不把幾個傷亡的士兵遺棄在田野裡，迅速躲進屋內，關上門窗。

我們的士兵關上門窗之後，很快地來到一樓和二樓的各個窗口，向敵人猛烈還擊，敵人也不甘示弱地用砲火猛烈射擊，成半圓形逐步逼近我軍。

這六十名士兵由一位上尉軍官和兩名下級軍官率領。上尉是一名神情嚴肅的老軍官，頭髮和鬍鬚都已花白。他的身旁總是跟著一位來自薩丁島的少年鼓手，少年已經十四歲了，看起來卻彷彿不到十二歲，他皮膚黃褐，一雙漆黑的大眼睛總是閃爍著光芒。

上尉在二樓的一個房間內指揮作戰，他擁有鋼鐵般的意志，臉上看不出絲毫情感。少年鼓手有點蒼白，雙腿卻很有勁，他跳上一張小桌子，緊貼牆壁，從窗口隱約看見穿著白色服裝的奧地利士兵正在慢慢逼近。這座房子建蓋在山崗的最頂端，房屋後面通往懸崖峭壁，因此奧地利軍隊不會從房屋後方進攻，只會從正面和兩側攻擊。

對方的炮火震耳欲聾，子彈如冰雹般射來。屋外滿目瘡痍，屋內的門窗和家具也被炸得殘缺不堪，滿地都是木片、泥土、餐具和玻璃。子彈的呼嘯聲、炸彈的爆裂聲、手榴彈的爆炸聲皆足以震破耳膜。

在窗口抵抗的士兵不時有人被擊中倒地，然後被拖到一旁。敵人的包圍圈愈縮愈小，一向鎮定自若的上尉開始顯得侷促不安，他大步離開房間，走上閣樓，一位士兵緊跟在後。幾分鐘後，士兵跑回二樓，命令鼓手和他一起上去。他們倆迅速來到空蕩蕩的閣樓，看見上尉正靠在小窗上寫著紙條，腳邊的地板上放著一捆麻繩。

上尉摺起紙條，打量著少年鼓手，厲聲說：「鼓手，你膽子夠大嗎？」

「夠，長官！」

「你看看下面。」上尉把少年推到窗口，說：「在維雅夫蘭卡村附近，有一片廣大的平原，我們的軍隊就駐紮在那裡。你現在拿著這張紙條，從窗口沿著麻繩滑下去，然後迅速跑下山，穿過田野，找到我們的部隊。一見到軍官，立刻將紙條親自交給他！」

少年把紙條放進胸前的口袋，然後沿著繩子攀緣而下。過了幾分鐘，少年就到了地面，士兵立刻收回繩子。上尉迫不急待地從窗口探

頭觀望跑下山崗的少年。

他原本以為少年跑得飛快，應該能脫險，不被敵軍察覺，但是看見少年前後揚起了五、六團沙塵，表示敵人已經發現少年了。敵軍正從小山頂向少年猛烈開火，少年依然拚命奔跑，卻突然摔倒在地。

「這下完了！」上尉握緊拳頭吼叫一聲，但是話才剛說完，少年又重新站了起來。

「啊，只是摔了一跤！」上尉喃喃自語，鬆了一口氣。

少年果然又沒命地飛奔起來，可是他的步伐已經有點不穩了。上尉目不轉睛地看著少年，焦躁不安。在這緊要關頭，如果少年不能盡快將紙條送達，增援部隊不能及時趕來，他們這支小分隊要不壯烈戰死，要不就得全體投降，成為俘虜。

少年一瘸一拐地跑到了那片平原，可是他再也跑不動了，只能拖著身子一步一步往前走。接著，他的身影消失在籬笆後面，自此上尉再也沒有看到他。

上尉從閣樓上走下來，這時候，砲彈有如疾風暴雨般鋪天蓋地而來，房裡遍地都是傷兵，牆上、地上血跡斑斑，屋裡屋外硝煙瀰漫，什麼也看不清楚。奧地利軍隊逐漸逼近，在噠噠的槍聲中，可以聽見敵人的粗野辱罵，命令我軍投降的吶喊，以及威脅要將我軍趕盡殺絕的吆喝聲。

上尉咬著牙，握緊軍刀，準備決戰到底。忽然間，一位士兵從閣樓來到樓下，大聲喊道：「援軍到了！」

上尉喜出望外，立刻跑向閣樓的小窗，看見一隊騎兵飛馳而來，明亮耀眼的刺刀如閃電般在敵人的頭上、肩上和腰間揮舞。接著，上尉下樓整頓士氣，率領士兵與援軍會合，一同並肩作戰。在最後一次的肉搏戰中，他的左手被流彈擊中，受了輕傷。

當天的戰鬥，以我軍的勝利告終。

上尉雖然負傷，卻仍與疲於奔命的士兵一起徒步行軍。當晚，部隊來到一座教堂旁紮營。原本神聖的教堂，現在已成為野戰醫院。上尉緩緩走進去，想尋求醫生替他醫治傷口。

就在這時，他聽到旁邊有一個虛弱的聲音說：「長官！」他回頭一看，原來是那名勇敢的少年鼓手。他躺在吊床上，胸部蓋著一塊紅白格子的粗布窗簾，雙臂露在外面。少年的臉色慘白，身材消瘦，不過雙眼仍舊炯炯有神。

「你在這裡？」上尉雖然十分驚訝，卻仍然嚴肅地說：「你真了不起，你已經盡到自己的責任了。」

「我盡力了。」少年微笑著回答。

「你看起來這麼虛弱，應該流了不少血吧？」上尉擔憂地問。

「何止是流血呀，您看看就知道了。」少年說完後，掀開被褥。上尉目瞪口呆，後退了兩步。原來，少年只剩下一條腿了，他的左腿已從膝蓋上頭截斷，殘腿用紗布包紮著，上面滲出殷紅的鮮血。

這時，一名軍醫走過來，對上尉說：「長官，要不是他瘋狂奔跑，那條腿本來可以保住的！我向您保證，他是一個了不起的孩子。他動手術時，沒有留下一滴眼淚，也沒有發出一點聲音，我為他是個義大利孩子而自豪！」

上尉皺了皺濃密的眉毛，目不轉睛地凝視著少年。

接著，他緩緩摘下帽子。

「長官，您這是在做什麼？」少年吃驚地問。

此時此刻，這位總是嚴厲對待下屬的上尉，居然用溫和的語氣對少年說：

「我只是一名上尉，而你卻是一位英雄！」

說完，上尉朝少年張開雙臂，並在他的胸前親吻了三下。

第五章　努力及希望

二月四日：隆重的頒獎儀式

今天上午，督學來我們學校頒獎。這位先生留著長長的鬍子，穿著一身黑衣服。快下課時，他和校長一起走進教室，在老師旁邊坐下，詢問了幾個學生的名字。接著，他把第一名頒給了德羅西。頒發第二名之前，督學聽了一會兒校長與老師的低聲議論。我們都在心裡想著：「誰是第二名呢？」

就在這時，督學高聲宣布：「彼得．波列科西同學應當是本周的第二名，他不論在家事、學業、書法、品德等方面，都表現得相當優異。」

聽了督學的話，大家都回頭看波列科西，並打從心底為他感到高興。波列科西起身走到講臺前，緊張得不知所措。督學仔細端詳著他蠟黃色的小臉和瘦弱的身體，凝視著他溫和但略帶悲傷的雙眼。波列科西想避開督學的目光，但是他那

雙眼睛早已透露出他所忍受的痛苦。

督學把獎章佩帶在他的胸前，溫柔地說：「波列科西，現在我把獎章頒給你，沒有任何人比你更有資格戴這枚獎章。我頒獎給你不只因為你勤奮好學，還因為你擁有一副好心腸，而且你堅強勇敢、性情溫和，是父親的好兒子。」

接著，督學回頭問全班學生：「他是不是值得表揚？」

「是的，的確是這樣！」我們異口同聲回答。波列科西扭動了一下脖子，好像在吞嚥什麼東西似的。他環顧四周，激動地向我們投來無限感激的目光。

放學時，我們一走出校門，就看見波列科西的爸爸站在那裡。他和往常一樣面無血色，看起來十分陰沉可怕。老師看見他，便和督學耳語了一番，督學馬上找來波列科西，牽著他的手，把他帶到爸爸面前，波列科西嚇得渾身直發抖。

「您是這孩子的父親嗎？」督學語氣輕快地問，彷彿他們是老朋友。沒等對方回答，督學又繼續說：「我真為您感到高興。您看，他在五十三位同學之間脫穎而出，得到了第二名。他既聰明又善良，將來前途無量，是個了不起的孩子，您應該以這樣的兒子為榮！」

波列科西的爸爸目瞪口呆地站在那裡聽著，眼睛直勾勾地盯著督學，然後又看看渾身發抖、低著頭站在他面前的兒子，彷彿在回憶他之前是如何虐待孩子，而孩子又是如何善良，並靠著意志力忍受各種苦痛的情景。他忽然衝上前去緊緊抱住兒子的頭，將他摟進懷裡。

我們從他身邊走過時，有人向波列科西揮手致意，有人走向前和他打招呼，有人摸摸他的獎章，大家都為他感到開心。他的爸爸一臉驚愕地看著我們，緊緊抱著兒子的頭，而波列科西則是不停落下喜悅的淚水。

二月五日：決心

波列科西得獎的事讓我覺得很慚愧，因為至今我都還沒得過任何名次。這些日子我非常不用功，不僅我對自己不滿意，連爸爸、媽媽和老師也都不喜歡我。現在，我的內心有個聲音不斷告訴我：「恩利科，這樣不行！」

每天晚上，我看見許多童工走在工人中，經過廣場下班回家，他們看起來疲憊不堪，但神情卻很愉快，他們匆匆忙忙趕路，恨不得立刻回家吃飯。還有比他們更小的孩子，整日在屋頂上、火爐前忙碌個不停，或者在機器中間來回穿梭，但他們每天卻只有一丁點兒的麵包充飢。而我呢？只是胡亂地寫了幾行作業便交差了事，想到這裡，我不禁感到羞愧無比！

其實，我有察覺爸爸最近的心情不是很好，我知道他一定很想說我幾句，但他始終沒有罵我，只是不停嘆氣，希望我能自己主動改過向善。親愛的爸爸，您總是拚命工作，我所擁有的一切事物，都是靠您辛苦打拼換來的。您凡事都為我操心，而我卻不求上進，坐享其成。

噢，我不能再繼續這樣下去了！從今天開始，我要用功學習，即使熬夜唸書也絕不打瞌睡；我要每天早起，徹底改掉懶惰散漫的壞毛病；我要吃苦耐勞，勇敢忍受各種痛苦，就算生病也不大驚小怪。

只有這樣全力以赴過後，我才能安穩地休息，與同學們盡情玩耍，品嘗美味無比的佳餚；也只有好好用功，我才能看見老師重新對我展露笑顏，並重新得到父母熱情溫暖的擁抱。

二月十七日：囚犯

這的確是今年最離奇的一件事情了！

昨天下午，爸爸帶我到郊區去參觀一棟別墅，他準備把它租下來，讓全家人在那裡避暑。聽說掌管房子鑰匙的人曾經當過老師，現在是房東的祕書。他帶我們參觀了一輪之後，就請我們到他的房間裡坐坐。

房間內的桌上擺著一個雕刻精美的圓錐形木製墨水瓶。他發現爸爸一直看著那個墨水瓶，於是說：「這個墨水瓶對我來說是個非常珍貴的紀念，先生，如果您想知道它背後的故事，我可以慢慢說給您聽。」

以下就是他告訴我們的故事：

幾年前他還在當老師時，曾經為監獄的囚犯們上了整整一個冬天的課，教室就設在監獄的教堂裡。這是一棟圓形的建築物，四周的圍牆高大光滑，上頭有許多小窗戶，窗戶上釘著鐵條，每扇窗戶後面是一間小小的囚室。他每天就在這座陰暗寒冷的教堂裡，走來走去為囚犯們上課。他的學生站在黑漆漆的窗口，把作業簿靠在窗檻上寫字，昏暗中只能隱約看見那些囚犯們一張張憔悴消瘦的臉龐、亂蓬蓬的頭髮、灰白的鬍鬚和無神的雙眼。

在他們當中，有一位七十八號囚犯，他比別人都勤奮用功，總是用充滿敬意和感激的目光看著老師。他犯案時還很年輕，留著濃密的黑鬍子，從事木工。他並不是邪惡的壞蛋，只是因為遭受雇主長期的虐待，才在一怒之下拿刨子砸傷雇主，因此被判入獄多年。三個月內，他學會了讀書寫字，並且不斷懺悔自己所犯下的罪過。

有一天下課時，他向老師招手，示意老師到他的窗口前。他告訴老師，明天上午他就要轉到別的監獄服刑了，希望能和老師道別後再離開。囚犯的情緒十分激動，並懇求老師讓他握一握手。老師向他伸出手，他一邊哭著親吻老師的手，一邊不斷地說：「謝謝！謝謝！」從那天以後，老師再也沒見過他。

六年過去了。

「我完全忘記那個不幸的人了。」老師繼續說：「想不到，前天上午有個陌生人來找我，他問：『先生，您是某某老師嗎？』

我疑惑地說：『是的，您是哪位？』

『我就是七十八號囚犯。』他高興而激動地回答：『六年前，您教我讀書寫字，最後一節課您還讓我握您的手呢。現在我刑滿出獄了，專程來將我在獄中製作的一件小東西送給老師留作紀念。』

說完後，他遞給我一個小禮物。你們看，就是這個。」

我們細心端詳墨水瓶，瓶身似乎是用釘子一點一點雕刻而成，真不知道他花費了多少心血啊！瓶蓋上雕刻的圖案是一支鋼筆橫放在作業簿上，旁邊刻著：

獻給我的老師，紀念這六年，七十八號。

下面用小字刻著：

努力及希望。

老師說完故事後，我們便起身告辭。回家的路上，我的腦海裡始終縈繞著那位囚犯的形象，以及他站在小窗前和老師告別的動人情景。他在獄中製作的墨水瓶更讓我難以忘懷，就連做夢也夢見那不同凡響的墨水瓶，直到今天上午，我都還惦記著這件事情。

我的新位置在德羅西附近，我一到教室，立刻迫不及待地和他分享七十八號犯人的故事，包括犯人製作的墨水瓶、瓶蓋上雕

刻的圖案和旁邊的題詞。沒想到，德羅西聽到「六年」兩個字，突然站起來看了看我，又瞧了瞧坐在前排，正專心做功課的科羅西。

「噓！」德羅西抓著我的手，低聲說：「科羅西前天告訴我，他看見從美國回來的爸爸拿著一個手工製作的圓錐形木製墨水瓶，上面刻著鋼筆和作業簿，旁邊還刻有『六年』的字樣。科羅西說他爸爸在美國，其實是在坐牢。他爸爸犯罪時，他的年紀還很小，根本不記得這件事，他媽媽也不忍心說出實情，所以他什麼也不知道。噓，別出聲！這件事一個字也不能洩露出去！」

我呆愣在那裡，說不出一句話，一直看著科羅西。德羅西解完數學題之後，拍拍科羅西的肩膀，示意讓自己代替他抄寫每月故事〈爸爸的護士〉，並送給他一張紙和幾支鋼筆。

德羅西叫我發誓絕對不會告訴任何人，還說我們應當竭盡所能地幫助可憐的科羅西，而我也向他保證自己一定不會說出這個祕密。

每月故事：〈爸爸的護士〉

三月一個陰雨連綿的早晨，一名衣著樸素的少年，腋下夾著包袱，滿身泥水，來到那不勒斯的一座醫院。他遞給警衛一封信，並向他打聽父親的情況。他是一位眉清目秀的年輕人，有著一張橢圓形的臉蛋、淺棕色的皮膚、深邃的雙眼、豐厚的嘴唇，以及雪白的牙齒。

少年從那不勒斯近郊的一個村子來到這裡。他的父親一年前離開家鄉到法國去找工作，最近才回到義大利。幾天前，父親在那不勒斯上岸，不料卻突然生病，只好急急忙忙給家人寫了一封簡短的信，告訴他們自己已回國並住進了醫院。妻子收到信後坐立不安，他們有個女兒正在生病，還有一個襁褓中的嬰兒需要人照顧，所以她根本無法脫身。無奈之下，她只好差遣長子帶一些錢到那不勒斯去照顧父親。少年徒步走了十幾英里才抵達目的地。

警衛看了信，叫一名護士帶少年去探望他的父親。護士引領少年走進一間病房，少年忐忑不安地跟在護士身後。他一一掃視兩排病床和一張張蒼白憔悴的面孔。病人中，有的緊閉雙眼，像是死了一般；有的面露恐怖神色，瞪著呆滯的大眼睛，直勾勾地盯著天花板；有的忍受著痛苦，像孩子般呻吟哭泣。病房裡光線暗淡，空氣中瀰漫著刺鼻的藥水味，兩名修女手拿著藥瓶四處走動，照料病人。

他們走到病房最深處，在一張床前停下腳步。護士拉開窗簾，說：「喏，你的父親就躺在這裡。」

少年看見父親的模樣後，失聲痛哭。他把包袱放在地上，俯身將頭靠在病人的肩上，用手去拉病人僵直的手臂。這時候，病人睜開眼睛，凝視少年一會兒，似乎沒有認出少年。

可憐的父親，他的容貌變得太多，讓少年幾乎認不出來。他的頭髮花白，鬍子極長，臉部腫脹，面色深紅，皮膚緊繃發亮。他的眼睛變小了，嘴唇變厚了，模樣變得面目全非，只有額頭和眉稜還是以前的樣子。

「爸爸，我的爸爸。」少年連聲呼喊著：「我是奇其洛啊，您不認得我了嗎？媽媽因為抽不開身，所以叫我來照顧您，您快說說話呀！」

病人仔細端詳他一會兒，閉上了眼睛。少年又嗚嗚咽咽地哭了起來，他坐在椅子上，目不轉睛地凝視著父親。忽然間，許多往事湧上心頭，他想起父親離開那天，站在船頭向他告別的情景，想起全家人對父親出外工作寄予厚望，想起母親接到父親的來信後，悲傷不已的模樣。他還想到了死亡，他彷彿看見去世的父親、身穿黑色喪服的母親和陷入貧困的家庭。

過沒多久，醫生由助手陪同來到病房，一位修女和一名護士也走了進來。他們一一查看每位病人，對少年來說，等待的時間實在是太漫長了。醫生每向前走一步，他的焦慮與不安就增加一分。當醫生終於來到少年父親的病床時，少年竟開始放聲大哭。

「他是這位病人的兒子，今天上午從老家趕來的。」修女說。

醫生把一隻手放在少年的肩膀上，然後俯身查看病人。

少年鼓起勇氣，帶著哭腔問：「我爸爸怎麼樣？」

「放心吧，孩子。」醫生回答：「他的臉部感染了丹毒，雖然病情嚴重，但是還有希望。你好好照顧你的父親吧。」

少年本來想再多問一點，可是他沒有勇氣。等醫生離開後，他開始悉心照料病人。他什麼都不會，只能替病人蓋好被子，趕走蒼蠅。病人呻吟時，他便俯身查看；修女送藥來時，他就接過杯子和湯匙，替病人餵藥。

隔天早晨，病人聽見少年的聲音後，臉上似乎掠過一絲感激的神情，他的嘴唇微微掀動，好像想說些什麼。之後，每當病人從昏睡清醒時，他總是睜著雙眼到處查看，彷彿在尋找少年的身影。

傍晚，少年把杯子遞到病人的嘴邊時，好像看見病人浮腫的嘴唇上浮現一抹微笑。少年欣慰不已，並且充滿了希望。他多麼希望父親能夠聽懂他說的話啊！於是，少年開始滔滔不絕地和病人說話。他用熱情洋溢和溫柔無比的言語百般勸慰，激勵病人的求生意志。

到了第五天，病人的狀況突然惡化，少年急忙詢問值班醫生，對方卻只是搖搖頭，似乎認為已經沒有救了。少年全身癱軟，坐在椅子上失聲痛哭。不過，讓他稍感寬慰的是，儘管病人每況愈下，但是他的神智好像清醒了一些。病人經常全神貫注地凝視著少年，只願意接受少年餵藥給他吃，表情也變得愈來愈柔和了。

少年將這些變化都看在眼裡，他懷著一線希望，用力握住病人的手，對他說：「爸爸，鼓起勇氣來，你的病很快就會治好的。等你康復後，我們就可以一起回家了。請您再堅持一下吧！」

正當少年努力鼓舞病人時，他突然聽見一陣腳步聲，接著又聽到一個宏亮的聲音，說：「謝謝你們這段時間的照顧，再見！」

少年聽見這個聲音，驀地一躍而起，想大喊但又忍住了。

在此同時，一個男人手裡拎著一個大包袱走進病房，少年看了情不自禁地尖叫一聲，如同雕像般靜止在那裡。男人回過頭來，打量了少年一番，然後脫口喊道：「奇其洛！奇其洛！」

少年立刻撲到父親懷裡，激動得說不出話來。修女、護士和醫生紛紛跑過來，他們個個呆若木雞，默不作聲。

父親驚訝地失聲叫道：「唉呀，我的孩子，這究竟是怎麼一回事？他們把你帶到另一個人的病床前了？你媽媽來信說，她吩咐你來照顧我，可是我一直沒有見到你！我的身體已經完全康復，可以回家了。我們快走吧！」

可是，奇其洛卻一直回頭望著病人。病人緩緩地睜開雙眼，直盯著他。這時，千言萬語如同奔騰的急流，從奇其洛的心頭迸發出來。他說：「爸爸，我不能走，我得留下來照顧這位老人。我一直以為他是您，所以全心全意地照料他，他的目光也離不開我。他現在的情況很糟糕，我實在沒有勇氣離開他。親愛的爸爸，讓我留在這裡繼續照顧他吧！」

父親望著奇其洛，猶豫片刻，然後回頭看看病人，問護士：「他是誰？」

「和你一樣是農民。」護士回答：「他剛從國外回來，和你同一天住進醫院。他被送來這裡時，就已經不省人事，無法說話了。可能他也有個兒子，所以才把你的兒子誤認成自己的兒子。」

最後，父親對奇其洛說：「你真是個心地善良的孩子，好，你留下吧。不過我得趕緊回家，免得你媽媽擔心。這些錢你留著用吧，再見！」

奇其洛回到床邊，和之前一樣細心照料病人。這一夜，奇其洛沒有闔眼。當第一道微弱的曙光射進窗戶時，修女開始巡病房。她來到奇其洛苦苦守候的病床前，看了病人一眼，立刻匆匆離開。幾分鐘後，修女和醫生走進病房。

「他就剩最後一口氣了。」醫生說。

奇其洛握住病人的手，病人睜開雙眼看了他一下，然後又閉上了。醫生俯身查看病人，過了一會兒，他抬起頭，宣布病人已經去世了。

「回去吧，孩子。」醫生說：「你已經盡力了，快回去吧。你一定會有好報的，再見！」

修女從窗臺上的花瓶取來一束紫羅蘭，遞給奇其洛說：「這束花就當作醫院給你的紀念吧。」

「謝謝。」奇其洛一手接過花，一手擦著眼淚，說：「可是，我還得走很長的一段路，花兒會枯萎的。」

他把那束花散開來，撒在病床上，說：「我把花留在這裡，當作紀念這位可憐的死者吧。謝謝你們，再見！」

奇其洛緩緩轉向死者，溫柔地對他說：「爸爸，永別了。」

說完，他腋下夾著包袱，拖著疲憊的身體，慢慢地走出醫院。

第六章　反省與悔改

三月二十六日：吵架

今天，我和科列帝吵架了。

科列帝現在坐在我的旁邊，本來小泥瓦匠應該負責抄寫這一次的每月故事〈血濺羅馬涅〉，可是他生病了，於是老師請我代替他抄寫。我正專心地抄寫故事時，科列帝的手臂不小心碰了我一下，鋼筆濺出來的幾點墨漬弄髒了我的練習本。我覺得很生氣，便罵了他兩句。

他卻微笑地回答：「我不是故意的。」

我了解科列帝的為人，理應要相信他的話，可是他的笑容讓我很不愉快，於是我想報復他。過了一會兒，我也碰了他一下，弄髒了他的作業簿。

「你是故意的！」科列帝氣得滿臉通紅，一邊說著，一邊舉起手企圖反擊，

不料，卻被老師看見了，於是他縮回手，對我說：「我在外面等你！」

我的怒氣逐漸平息下來，並且感到十分懊悔。科列帝絕對不是故意的，他是個好孩子。我還記得他在家如何努力工作，如何細心照顧生病的媽媽。我很後悔罵了他，還對他無理取鬧。

我想起爸爸對我的忠告，他說：「這件事是你的錯嗎？」

「對，是我的錯。」

「那就向他道歉。」

我沒有勇氣向他認錯，那樣實在太沒有面子了。我偷偷看著他，發現他的背心脫了線，也許是因為扛了太多柴的緣故。我對他的敬愛之情油然而生，心裡嘀咕著：「鼓起勇氣，向他認錯吧！」

可是「請原諒我」這句話梗在喉嚨，無論如何也說不出口。科列帝轉頭看了我一眼，他表露出來的神情不是憤怒，而是痛苦，但這時我以輕蔑的目光打量他，告訴他我並不怕他。

他又說：「我們外頭見。」

我也回敬一句：「我們外頭見。」

我想起了爸爸以前曾經對我說過的話：「如果是你做錯了，別人打你，你千萬不要還手，只要隨便應付一下就行了。」

我在心裡琢磨著：「我只防禦，絕不打人。」

我的內心百感交集，老師講的話我一個字也沒有聽進去。終於放學了，我一個人來到街上，科列帝緊緊跟著我。我索性握著尺，站在路旁等科列帝，待他一靠近，我立刻舉起尺。

「恩利科，別這樣！」科列帝微笑地看著我，撥開我手上的尺，說：「我們握手言和，重新做好朋友吧！」

聽了他的話，我愣得說不出話來。科列帝用手拉了一下我的肩膀，將我緊緊抱住。他說：「從今以後，我們別再吵架了，好嗎？」

我連聲回答：「再也不吵了，再也不吵了！」

回到家裡，我把這件事情的來龍去脈一五一十地告訴爸爸，本想讓他為我和科列帝和好感到開心，想不到爸爸立刻變了臉，嚴肅地對我說：「這件事情是你的不對，你應當先伸手向他道歉，而且不該向你最好的朋友舉起尺！」

爸爸說完，拿走我手裡的尺，折成兩截，扔到牆角去了。

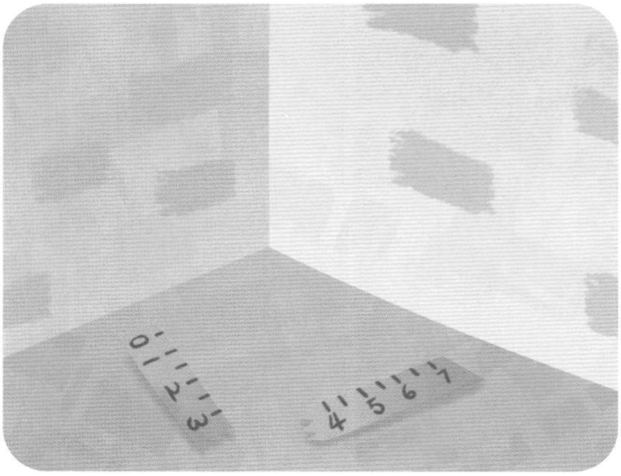

姐姐的話

恩利科，你不能因為爸爸責備了你，就將怒氣發洩在我身上啊！你知道你這麼做，讓我有多麼痛苦嗎？

在你年紀還小的時候，我總是守在你的搖籃旁，犧牲了與朋友們玩樂的時間。你生病時，我每晚都會起床摸摸你的額頭，檢查你有沒有發燒，這一切難道你都忘了嗎？恩利科，你傷透了我的心。

等爸媽不在這個世界上時，我和弟弟就是你唯一的親人，也是你最好的朋友。到了那個時候，要是你還需要我的照顧，我會為了你努力工作，讓你衣食無憂。將來你長大成人，我也會一如既往地疼愛你。要是有一天，你離鄉背井到非常遙遠的地方工作，我也照樣會為了你牽腸掛肚。

恩利科，萬一你將來遭遇不幸，又獨自一人，你一定要來找我，對我說：「姐姐，讓我回到你的身邊，共同回憶我們過去的美好時光吧！」

噢，恩利科，你的姐姐永遠都會張開雙臂歡迎你的。

親愛的恩利科，請原諒我現在如此責備你，對於你犯的過錯，我絕不會耿耿於懷。要是你再惹我不高興，那也沒關係，因為你永遠都是我的弟弟。我會永遠記住懷抱著你的那種親情，也忘不了我們和父母和樂融融相處的情景。

請你在日記本上留下幾句對我說的話吧，我傍晚再來看看。我知道這次的每月故事〈血濺羅馬涅〉改由你抄寫，但是看你累得呼呼大睡，我就替你完成了。恩利科，寫幾句話安慰我吧！

對不起，我再也不會傷透你的心了。

希薇亞

恩利科

三月二十八日：重病的小泥瓦匠

今天放學後，卡羅納、德羅西和我打算一起去探望生病的小泥瓦匠。我們三個走在大街上，卡羅納突然停下來，嘴裡咀嚼著麵包，說：「我們買點東西送給小泥瓦匠吧！」

他一邊說，一邊從口袋裡掏出兩枚銅幣，我和德羅西也各拿出兩枚硬幣，然後用這些錢買了三顆大柳橙。

我們來到一棟大樓的閣樓，這裡就是小泥瓦匠的家。走到門口時，德羅西摘下胸章，放進口袋裡，我問他為什麼這麼做，他回答：「沒有什麼特別的原因，只是不想在探病時，給人神氣活現的感覺。」

我們敲了敲門，小泥瓦匠身材魁梧的爸爸替我們開門，他驚訝地看著我們，問道：「你們是誰？」

卡羅納回答：「我們是安東尼奧的同學，是來探病的。」

「謝謝你們，快請進吧。」泥瓦匠說完後，引領我們來到一間臥室，小泥瓦匠就躺在床上。

他的媽媽坐在床頭，雙手掩面，她看了我們一眼後，立刻回過頭去。小泥瓦匠變得骨瘦如柴，他臉色慘白，不停地喘著粗氣。親愛的小泥瓦匠，你以前是那麼地活潑可愛，現在病成這個樣子，讓我看了好難過。只要你能夠再次起身扮兔臉給我們看，什麼要求我都答應你，請你快快好起來吧！

卡羅納把一顆柳橙放在小泥瓦匠的枕頭上，柳橙散發出來的清香，喚醒了昏睡中的小泥瓦匠。他看了看柳橙，然後凝神注視著卡羅納。

「是我，我是卡羅納呀，你還記得我嗎？」卡羅納問。

小泥瓦匠勉強笑了一笑，吃力地朝卡羅納伸出一隻手。卡羅納握住他的手，貼在自己的臉頰上，說：「嘿，鼓起勇氣來，你很快就會好起來的。到了那時，你就可以去上學了。我會請老師安排你坐在我的旁邊，你高興嗎？」

但是小泥瓦匠沒有說話。

他的母親放聲大哭，不停地說：「噢，我可憐的小安東，你是多麼勇敢善良的孩子啊！請努力與病魔奮鬥吧！」

「安靜，別再說了！小安東聽了只會更傷心啊！」泥瓦匠絕望地大喊，然後他焦慮不安地對我們說：「孩子，你們走吧，謝謝你們的心意。你們的父母會擔心的，快回家吧。」

小泥瓦匠緩緩閉上雙眼，像死人一樣。

「您需要幫忙嗎？」卡羅納問。

「沒關係，我不需要。好孩子，謝謝你，趕快回家去吧。」泥瓦匠一邊說，一邊把我們推向樓梯，當著我們的面，碰地一聲關上了門。

我們扶著樓梯往下走，沒想到才走到一半，就突然聽見小泥瓦匠大喊：「卡羅納！卡羅納！」

我們三人急忙跑上樓。

泥瓦匠衝出房門，大聲喊道：「卡羅納，他正在叫你的名字呢！他已經兩天沒有開口說話了，現在竟然連續喚了你兩聲，可見他一定很想你。快上來，趕緊去看看他吧！」

卡羅納和我們說了再見之後，立刻和泥瓦匠一起走進屋內。

我發現德羅西熱淚盈眶，便問他：「你為什麼哭呢？他能說話了，很快就會好起來的。」

德羅西搖搖頭，回答：「我知道，但我想的不是他。我想到的是卡羅納的心地多麼善良，心靈多麼美好啊！」

每月故事：〈血濺羅馬涅〉

一天晚上，菲魯袞的家比平時還要安靜。他的爸爸到城裡採買，媽媽帶著小妹路易吉娜到城裡去看眼科，三人要到隔天早上才會回來。白天在他們家工作的女傭在天黑前就回家了，因此到了午夜，家裡只剩下癱瘓的外婆和十三歲的孫子菲魯袞。

菲魯袞的家是一所平房，坐落在大馬路邊，離羅馬涅行政區弗利城的一個村莊僅一箭之遙。房屋的後面是一個用籬笆圍起來的小菜園，那裡有一扇簡陋的小門可以出入，菜園和飯廳之間還有一間小屋子，裡面堆放雜物。房子周圍是一片荒涼的原野，種植一大片桑樹。

夜深人靜，外頭雨不停地下，風不停地刮。這天晚上，菲魯袞在外頭遊蕩了好幾個鐘頭，接近晚上十一點才回到家。外婆每晚坐在寬大的安樂椅上，懷著惴惴不安的心情等著孫子回來。她因為呼吸困難，沒辦法躺著睡覺，只得坐在安樂椅上過苦日子。

菲魯袞拖著疲憊的身軀回到家裡，他渾身沾滿泥土，上衣撕破了，額頭上有一塊瘀青。他不僅經常用石塊和別人打架，還染有賭博的惡習，總是把錢輸個精光。

飯廳的桌子上點著一盞油燈，外婆坐在旁邊的安樂椅上。雖然燈光微弱，但是菲魯袞一走進家門，外婆便瞧見他那副狼狽不堪的模樣。外婆十分疼愛菲魯袞，當她知道孫子整日在外胡作非為時，不禁失聲痛哭。

「唉，」外婆嘆了一口氣，說：「菲魯袞，你整日把我一個人扔在家裡不聞不問，簡直傷透了我的心！孩子，你要小心，你正走在一條邪惡的道路上，要是繼續下去，你會落得悲慘的下場。一個孩子學壞往往先從離家出走開始，

接著就是和別人打架鬧事、賭博輸錢，最後淪為竊盜犯。」

菲魯裘倚著櫃子，站在距離外婆幾步之遙的地方，不發一語。他緊皺著濃眉，一綹栗色頭髮覆蓋在額頭上，大大的藍眼睛直勾勾地盯著地面。

「菲魯裘，你好好想想吧。」外婆又說：「你看村裡的惡棍莫佐尼，現在整天在城裡四處閒晃，才二十四歲就進了兩次監獄，他活活氣死自己的母親，父親則因為絕望逃到瑞士。唉，我自幼看著他長大，他剛開始做壞事時就和你現在一模一樣。你遲早會把你的爸媽逼到和他父母一樣的處境！」

菲魯裘默默聽著外婆的教誨，其實他的心地不壞，他的驕縱並非出於惡意，而是因為精力過剩和喜歡無所畏懼的冒險行為。可是菲魯裘相當愛面子，即使他的內心後悔不已，但就是說不出請求饒恕的話。

外婆見他默不作聲，又繼續說：「唉，菲魯裘，你連一句對不起都沒有對我說過。你看，我的病把我折磨成什麼樣子了。我是已經一腳踏進棺材的人，你不應該一直這樣惹我傷心啊！

想當初你剛出生時，我逢人便說：『這孩子是我唯一的安慰。』真沒想到你現在竟把我折磨得半死不活。菲魯袞啊，你還記得小時候我帶你去教堂做禮拜時，你經常把小石子和小花放進我的口袋裡嗎？那時候，你很愛我這個外婆啊！我親愛的孩子，請重新投入我的懷抱，做個正直善良的人吧！」

菲魯袞聽了外婆的話，再也抑制不住內心的激動，正想撲向外婆的懷抱時，靠近菜園的小屋子裡突然傳來「喀嚓喀嚓」的輕微聲響。

菲魯袞分不清到底是門板被風吹動所發出來的聲音，還是其他聲響。他側耳細聽，只聽見屋外淅瀝淅瀝的雨聲。

「怎麼回事？」外婆恐懼不安地問。

「只是雨聲罷了。」菲魯袞小聲回答。

外婆擦乾淚水，說：「菲魯袞，你要聽我的話，從今以後，做個好孩子，別再讓你可憐的外婆傷心落淚了……」

這時，奇怪的聲響掩蓋過外婆的說話聲。

「好像不是下雨的聲音。」外婆說完，緊緊抓住菲魯袞的手。

兩人屏息傾聽，奇怪的聲響逐漸變得清晰，似乎是腳步聲。

「是誰？」菲魯袞緊張地問。

忽然間，兩名男人竄進屋子，祖孫二人嚇得大聲呼喊。一名歹徒抓住菲魯袞，並捂住他的嘴，另一名則掐住外婆的脖子。兩人的臉上都蒙著黑色面罩，只露出凶狠的雙眼。

抓住菲魯袞的歹徒問他：「你爸爸把錢放在哪裡？」

菲魯袞嚇得牙齒直打顫，結結巴巴地回答：「在小屋……的衣櫃裡。」

歹徒緊緊抓著菲魯袞，命令菲魯袞帶他到櫃子前。為了不讓菲魯袞逃走，歹徒逼迫他跪在衣櫃前的地板，並用兩腿緊緊夾住他的脖子，要是菲魯袞發出一點聲音，歹徒就會狠狠夾住他的喉嚨，讓他喘不過氣。

歹徒一手提著油燈，一手從口袋裡掏出一把鋒利的刀子，插進鑰匙孔轉來轉去，沒過多久，鎖就被撬開了。歹徒立刻打開衣櫃，將裡面所有的財物洗劫一空，然後把菲魯袞拖回飯廳。

抓著外婆的歹徒問同伴：「錢找到了嗎？」

「找到了。」同伴回答完，又接著說：「快去門口看看有沒有動靜。」

歹徒跑到菜園門口，見四下無人，於是輕聲說道：「快過來！」

抓住菲魯袞的那人向菲魯袞和外婆晃了晃刀子，說：「誰敢說出去，我就回來了結他的性命！」

就在這時，馬路上傳來許多人唱歌的聲音。歹徒聽見後，急忙回頭朝門口張望，一個不小心，竟將臉上的面罩扯了下來。

「莫佐尼！」外婆失聲尖叫。

「趕緊閉上你的嘴！」歹徒莫佐尼揮刀向外婆猛撲過去，菲魯袞立刻飛撲到外婆身上，用自己的身體擋下那一刀。

歹徒莫佐尼行凶後，立刻拔腿就跑，慌亂中撞倒了桌子，油燈摔破在地，四周頓時一片漆黑。

「菲魯裘，他們還在嗎？」外婆用微弱的聲音問。

「已經離開了。」菲魯裘回答。

「他們沒有置我於死地？」外婆不敢置信地問。

「是的……外婆，您平安無事。他們把家裡的錢拿走了，但是幸好爸爸將大部分的錢帶在身上。」

聽了菲魯裘的話，外婆重重地吐了一口氣。

菲魯裘跪在地上，緊緊摟著外婆，說：「親愛的外婆，對不起，我總是給您帶來痛苦……」

「不，菲魯裘，別這樣說，我什麼都不計較了。」

「我常常害您傷心難過，但……但我一直是愛著外婆的，您能原諒我嗎？外婆，原諒我吧。」菲魯裘顫抖地說著。

「孩子，我原諒你，我真心地原諒你。快起來吧，來，我們快把燈點上，只要有燈光，就什麼都不怕了。」

「謝謝外婆。」菲魯袞的聲音愈來愈微弱，他說：「我……我好高興。外婆，您不會忘記我，對嗎？您會永遠記得我……記得您的菲魯袞……」

「菲魯袞！」外婆慌忙喊著，同時用手撫摸他的肩膀，俯身低頭要看看孫子的臉龐。

「您要永遠記得我，替我親親媽媽，親親爸爸……還要親親小妹路易吉娜……外婆，永別了……」菲魯袞囁嚅地說著，聲音小得幾乎聽不見。

「我的天啊，你到底怎麼了？」外婆焦急地摸著菲魯袞的身體，接著發出絕望的吶喊：「菲魯袞！我的孩子啊！」

這名小英雄為了拯救外婆，背部被刀子刺穿，他那美麗而勇敢的靈魂已經飛往另一個世界了。

第七章　愉悅的春天

四月一日：春天

今天是四月一日，再過三個月，學期就要結束了！

這是一年中最美好的一個早晨。科列帝的爸爸認識國王，他在學校告訴我，後天他要和爸爸去晉見國王，並邀請我和他一起去。除此之外，媽媽還答應帶我去參觀幼稚園，所以我今天特別高興。

今天的景色十分美麗，從學校窗口可以看見蔚藍的天空、含苞待放的花朵們和綠油油的草地。我們的老師從沒笑過，可是他今天的心情特別好，連額頭上那道筆直的皺紋也幾乎看不到了。老師在臺上講解練習題時，竟然還與我們開玩笑呢！顯然窗外的新鮮空氣和花草的濃郁芳香，使老師神清氣爽、心曠神怡。

上課時，我們不斷聽見街道上鐵匠辛勤工作的捶打聲、對面屋裡媽媽哄嬰兒

睡覺的搖籃曲，以及遠處軍營裡的號角聲。老師停止講課，全神貫注地傾聽著，然後他望著窗外，語氣和緩地說：「天空在微笑，母親在歌唱，孩子在學習，正直的人在勞動……生活真美好啊！」

到了放學時間，大家像鳥兒一樣歡欣雀躍。我們排著隊，邁開強而有力的步伐，放聲歌唱，好像連假就要來臨似的。家長們也個個眉開眼笑，滔滔不絕地聊著天。科羅西媽媽的籃子裡裝著一束束的紫羅蘭，濃郁的花香沁人心脾。

來到街上，我看見媽媽正站在路邊等著我。我開心地飛奔到她的懷裡，問道：「媽媽，我好開心喔！為什麼我今天會這麼開心呢？」

媽媽微笑著回答：「因為春天是美好的季節，而你的內心又充滿了善良啊。」

四月三日：溫伯爾托國王

十點整的時候，我爸爸從窗口看見科列帝和他的爸爸已經在廣場上等我了，於是對我說：「恩利科，他們已經在等你了，快出發吧！」

我像一陣風似地跑下樓，來到街上，科列帝和他的爸爸看起來比平時更加有活力。老科列帝的外套上別著一枚軍功勳章和兩枚紀念章，鬈曲的八字鬍微微翹起，鬍子的尾端尖得像大頭針一樣。

國王預計在十點半抵達火車站，因此我們會合後，立刻朝車站走去。老科列帝銜著菸斗，搓著手說：「你們知道嗎？我從一八六六年以後就再也沒有見過他了。一眨眼，十五年又六個月就這樣過去了。我在這段期間有多次機會可以遇見他，可是偏偏都錯過。唉，只能說是天意吧！」

老科列帝提起溫伯爾托國王的事蹟時，就像在講一個老朋友的故事般親切。

「都十五年了，」他一邊說，一邊加快腳步：「我真想見見他。我離開軍隊時，他是個親王，再見到他時，他已成了國王。我也變了，從軍人變成了賣木柴的商人。」

科列帝問他爸爸：「他見了您，還認得出來嗎？」

老科列帝放聲大笑，回答兒子：「怎麼可能！他可是一國之君，我們只是其中一位平民老百姓而已。」

我們來到伊曼紐大街，人群如潮水般湧向火車站，兩名騎警奔馳而過。

老科列帝雀躍地說：「能夠再次見到我的老長官，令我高興得不得了！唉，我老得太快了，我肩背行裝，雙手舉槍，在熙來攘往的人群中行進，準備參加戰爭的模樣，彷彿是前天才發生似地歷歷在目。溫伯爾托國王和他的軍官在隆隆的砲聲中走來走去，一刻不停地指揮我們，大家望著他，心裡紛紛為他祈禱：『但願子彈不會打中他。』想不到，我竟然可以再次見到他！」

我們來到車站的時候，已是人山人海。馬車、衛兵、騎警整裝待命，許多人舉著旗幟迎風招展，一支樂隊奏起了樂曲。老科列帝不顧一切想擠到門廊下，但是沒有成功，於是他又企圖想擠進入口處第一排。他一邊用胳膊擠來擠去，打開一條通道，一邊用力推著我和科列帝往前走。老科列帝看中了拱廊第一根柱子，但是那裡有警察，不許任何人停留。

他突然對我們說：「跟我來。」說完便拉住我們的手，三步併作兩步穿過空地，走到柱子前面，背靠著牆，一動也不動地站在那裡。

一位警官走過來對他說：「你不能站在這裡。」

老科列帝指著佩帶的勳章回答：「我是四十九兵團四營的。」

警官上下打量他一番，然後說：「那就留在這裡吧。」

老科列帝以勝利者的姿態對我們說：「我早就說了嘛！四十九兵團四營是一句非常有魔力的話。我曾在老將軍的部隊裡打過仗，難道我不能再次目睹他的風采嗎？噢，我的天啊！」

這時，我們看見軍官和地方官員在候車室外來回穿梭，排列成行的馬車停在車站門口，穿著紅色制服的馬夫格外顯眼。

科列帝問他爸爸，打仗時，溫伯爾托國王的手裡是不是也舉著刺刀。

「當然啊！」他回答：「惡魔般的敵人向我軍瘋狂反撲，他頑強抵擋向他刺來的長矛和砍來的刀劍。密集的槍彈隆隆作響，敵軍陣容頓時大亂。輕騎兵、步兵、長槍騎兵和狙擊兵匯成一股巨流，怒吼著向敵人反攻，驚天動地的喊殺聲震耳欲聾。這時，我聽到有人大喊：『殿下，敵人逐漸逼近了！』我們立即開火，頓時滾滾塵煙沖天而起，什麼都看不清楚了。過了一會兒，硝煙才漸漸消散，死傷的戰馬和騎兵滿山遍野。我轉過身，看見溫伯爾托國王騎著馬立在我們中間，泰然自若地環顧四周，似乎在問：『夥伴們，你們有人受傷嗎？』我們都欣喜若狂地向他高呼：『萬歲！』那真是激動人心的一刻啊！噢，火車到了。」

樂隊奏起曲子，軍官跑上前去，人們墊起腳尖。

老科列帝再也按捺不住激動的心情，滔滔不絕地說：「當時的情景，我至今仍歷歷在目。發生地震或遇到其他天災人禍時，他都嚴以律己，身先士卒。他當時站在我們中間，那種泰然處之的神態，至今仍留在我的腦海中。我敢保證，他現在雖然成了一國之君，但肯定記得四十九兵團四營的事情。要是有一天，把所有當時與他一同並肩作戰的人召集在一起，重溫舊夢，他一定會很高興。噢，我願拿名譽擔保，一聽到這支曲子，我就感到熱血沸騰！」

突然爆發的歡呼聲打斷了老科列帝的嘮叨絮語，成千頂帽子高高舉起，四名身穿黑衣的官員登上第一輛馬車。

「就是他！」老科列帝興奮地大叫，然後又緩緩地說：「天啊，他的頭髮怎麼都白了！」

馬車在歡呼聲和揮動帽子的人群中徐徐前駛，我看著老科列帝的一舉一動，他的神情嚴肅，臉色略微蒼白，好像變成了另外一個人。突然，他倚著柱子，一動也不動地站在那裡。

這時，馬車駛近我們面前，離柱子僅有一步之遙了。

「萬歲！」人們異口同聲歡呼著。

「萬歲！」人們喊完後，老科列帝又喊了一聲。

國王凝神看了看他，然後把目光停留在他的三枚勳章上。

老科列帝聲嘶力竭大喊：「四十九兵團四營！」

聽到老科列帝的喊聲，原本已轉身看向別處的國王回過頭來，目不轉睛地望著老科列帝，還從馬車上伸出手來向他打招呼。老科列帝一個箭步衝上前，緊緊握住國王的手。

馬車駛過去，人潮頓時四分五散，我和科列帝被人群推向別處，與老科列帝走散了。過了片刻，我們聽見他大聲呼喊兒子的聲音，於是循著喊聲飛奔過去。老科列帝喘著粗氣，熱淚盈眶，他把手放在兒子的臉上，對他說：「這是國王撫摸過的手啊！」

老科列帝站在那裡，用癡迷的眼神望著漸漸遠去的馬車。一群好奇的人們上下打量著他。

「他是四十九兵團四營的。」有人說。

「國王認出了他。」

「他握了國王的手。」

「他向國王遞了一份請願書。」有一個人大聲說。

「我沒有遞交什麼請願書給他！」老科列帝轉過身，果斷地說：「如果要給什麼東西的話，有樣東西，只要國王開口我就給。」

大家都注視著他。

他自豪地說：「那就是我的滿腔熱血！」

四月四日：幼稚園

正如媽媽答應我的，昨天用過早餐之後，她帶我到位於瓦爾多科大街的幼稚園，她要說服園長讓波列科西的小妹入學。

幼稚園共有兩百名小朋友，他們的個子十分嬌小，學校一年級的學生與他們相比，簡直就是大人了。

我們進去幼稚園的時候，小朋友正排隊要去食堂吃飯。食堂裡排著兩排長長的桌子，上面有許多圓形孔洞，每個孔洞上都放著一個小碗，裡面盛著米飯和四季豆，碗旁放著一把錫製小湯匙。

孩子走進食堂後，有的一屁股坐在地上，有的乾脆站在碗前，以為那就是自己的飯，拿起小湯匙狼吞虎嚥起來。在老師的催促聲和吆喝聲中，他們終於安靜下來，開始飯前禱告。幾位無心禱告的孩子不時回頭看看碗裡的食物，滿臉貪吃樣，但沒有人敢先開動，只是雙手合掌，仰望天花板想著美味的午餐。

祈禱完畢，他們才開始正式用餐。觀察他們吃飯真是有趣！有的孩子用兩隻小湯匙一起吃，有的用雙手抓來吃，還有的把四季豆一粒粒挑出來塞進口袋裡，也有的只顧著看飛來飛去的蒼蠅，結果忘記吃飯。整個食堂簡直就像養雞場一樣亂哄哄的，非常吵雜。

吃飽後，孩子們準備到戶外玩耍。他們取下掛在牆上的小籃子，一到院子，立刻把籃子裡的東西統統拿出來，有麵包、熟透的李子、一小塊乳酪、水煮蛋和蘋果。沒多久，遍地都是麵包屑和各種食物的碎塊，像極了為小鳥準備的佳餚。

他們吃東西的樣子千奇百怪，令人啼笑皆非。有的像兔子啃著吃，有的像貓舔著吃。有個小男孩拿著一條黑麵包抱在胸前，用歐查果在上面擦來擦去，像在擦一把劍；有的小女孩用小拳頭抓著軟滑的乳酪，使勁捏來捏去，乳酪汁像牛奶一樣從指縫間滲出來，滴進袖口裡，她們卻渾然不知。

這時，媽媽也來到院子裡，一一撫摸孩子。許多孩子圍繞在她的身邊，甚至拉著她的衣角，仰起他們的小臉望著媽媽，求她在他們的臉頰上親吻一下。有個小孩把一瓣咬過的甜橙送給媽媽，有個送給媽媽一小塊樹皮，還有一個小女孩送她一片樹葉。有位頭包紗布的小男孩無論如何也要和媽媽說話，結果他結結巴巴嘰咕了半天，誰也不知道他究竟說了些什麼。

在這段時間裡，孩子們惹了不少麻煩，例如有位小女孩因為解不開繩結而急得大哭、有的甚至為了爭奪兩粒蘋果籽而互相抓來抓去，大喊大叫、有個小男孩不小心從凳子上跌下去，摔得趴在地上起不來，在那裡哇哇大哭。老師們不停地跑前跑後，忙得團團轉。

我們離開幼稚園前，媽媽又抱了三、四個孩子，於是大家從四面八方蜂擁而至，要媽媽一個個親吻他們。他們小小的臉蛋上沾滿了蛋黃和橘子汁，有的去抓媽媽的手臂，有的為了想看看媽媽的戒指，而去摸她的手指頭，有的則是想爬到媽媽的身上去抓她的頭髮。

老師對媽媽說：「小心，別讓他們把您的衣服弄破了！」

但是媽媽絲毫不在意孩子們的拉扯，還是不停一一親吻他們。小朋友圍得愈來愈緊了，前面的幾個孩子張開雙臂要爬到她的身上，後面的孩子則拚命地擠到前面，一起連聲喊道：「再見！再見！」

最後，媽媽終於走出了院子，但是孩子們一窩蜂地跟了過來，小臉蛋緊緊貼

著柵欄，眼巴巴看著媽媽離開。孩子們拿著麵包和乳酪，伸出小手向媽媽揮手道別，他們齊聲大喊：「再見！明天再來！」

媽媽狼狽地來到大街上，全身沾滿了麵包屑和油垢，不僅衣服變得皺巴巴，頭髮也凌亂不堪。不過，她的神情看起來十分愉悅，手裡抓著孩子們送的鮮花，就像是剛參加完家族聚會一樣。我們已經走遠了，卻彷彿還能聽見孩子們用童稚的聲音喊道：「再見，再見。阿姨，下次再來！」

四月五日：體操

這個月因為課業繁忙，老師取消了每月故事，但是當大家一看到明媚宜人的校園，就把所有不開心的事情統統拋到九霄雲外了。

今天的天氣非常好，因此我們改到室外上體育課。

昨天卡羅納去校長辦公室時，見到了納利的媽媽，她打算請求校長答應讓納利不必參加室外體育課，她撫摸著兒子的頭，費了好大的力氣才支支吾吾開口對校長說：「他不能……」

納利十分難過，他認為自己不能和其他同學一起在室外上體育課很丟臉，於是對媽媽說：「媽媽，等著瞧吧，別人能做到的，我一定也能做到！」

他的媽媽不發一語，帶著愛憐又疼惜的目光凝視著兒子。過了一會兒，她緩緩地說：「我擔心你的同學……」

其實她是想說：「我擔心你的同學會嘲笑你。」

納利猜到了媽媽的顧慮，微笑著回答：「放心，有卡羅納在，誰也不敢取笑我的！」

最後，校長還是決定讓納利到室外上體育課。體育老師將全班帶到爬竿前，告訴大家，我們必須一個個沿著爬竿往上爬，一直爬到頂端，然後筆直地站在平衡木上。

德羅西和科列帝像猴子般靈活地爬了上去；身材矮小的波列科西雖然穿著過長的外套而行動不便，但他也敏捷地完成任務。為了逗波列科西開心，大家不停模仿他平時的口頭禪「對不起，對不起。」高傲的諾比斯也順利爬上頂端，站在平衡木上像帝王一樣威風凜凜；沃提尼穿著嶄新的衣裳沿著竿子往上爬，過程中滑下來兩次，最後還是順利到達頂端。

接下來是卡羅納，他一邊嚼著麵包，一邊往上爬，絲毫不費吹灰之力。我想就算他的身上再背著一個人，也一定能在短時間內爬上頂端。

卡羅納之後就是納利了。他纖細的手臂剛剛抱住竿子，便引起許多人哈哈大笑，卡羅納見狀，立刻把兩隻粗壯的手臂交叉在胸前，用咄咄逼人的銳利目光掃視每個人的一舉一動，因此沒有人敢再嘲笑納利。

納利吃力地向上爬著，臉都發紫了，他大口大口喘著氣，汗水一點一滴從額頭上流下來。

老師說：「下來吧！」

他只回答一個字：「不！」然後繼續拚命往上爬。

納利隨時都有可能從上面掉下來摔個半死，我真替他捏了一把冷汗。可憐的納利，要是我像他那樣，媽媽看到了會有多麼傷心難過。想到這裡，我真想助納利一臂之力，譬如在下面偷偷推他一把，好讓他能順利爬上去。

卡羅納、德羅西和科列帝向他齊聲喊道：「加油，加油！納利，快到了，再加把勁！」

納利奮力往上爬，不停從口中發出嘿呦嘿呦的聲音，眼看就要爬上去了。他一抓住平衡木，大家立刻開心地拍手叫好。

老師大聲讚揚納利：「真了不起！好了，可以下來了。」

但是納利想和大家一樣站上平衡木，於是他使勁一撐，手肘順利攀附在平衡木上，接著他的腳也上去了，最後終於筆直地站在上面。他喘著粗氣，面帶笑容俯視著我們。

我們再次熱烈鼓掌，納利向馬路望去，我也轉過身朝那個方向看去。透過學校操場周圍掩映著柵欄的成簇花木，我看見納利的媽媽正在人行道上踱來踱去。納利從上面爬下來，大家紛紛向他祝賀。他激動得面頰泛紅，雙眼泛著明亮的光彩，彷彿他已經不是原來的那個納利了。

放學時，納利的媽媽來接他，她抱著兒子，不安地問：「你沒事吧？可憐的孩子，怎麼樣？」

同學們爭先恐後地替他回答：「他做得很好！」

「他和大家一樣爬上去了！」

「他非常有毅力！」

納利的媽媽露出笑容，她想說幾句感謝我們的話，卻怎麼也說不出口，只好緊握三、四位學生的手，撫摸一下卡羅納，然後帶著兒子回家了。

我們看見納利母子二人興高采烈，一邊匆忙趕路，一邊比手畫腳大聲說話，完全沒有察覺到周遭旁人的目光。

四月十九日：鄉間遠足

爸爸答應讓我和科列帝的柴商爸爸到鄉間遊玩，令我高興得不得了！我們一行人有德羅西、卡羅納、納利、沃提尼、科列帝父子和我，大家都帶了零嘴、香腸、水煮蛋和水果，還帶了喝葡萄酒用的高腳杯和錫製杯子。

我們乘坐公共馬車來到位於山腳下的教堂，接著就朝山裡走去。放眼望去，山野盡是一片翠綠色的青青草地，大樹枝枒繁茂，遮蔭蔽日，空氣格外清新。我們時而在草地上翻筋斗，時而來到小溪邊洗洗臉。老科列帝遠遠跟在我們後頭，他把夾克掛在肩上，悠閒地抽著菸斗，不時用手勢提醒我們別劃破褲子。

納利輕快地吹著口哨，心情十分愉悅；科列帝在玩耍之餘，還不忘替別人做事。他有著十分靈巧的雙手，什麼東西都會做，他能用只有一指長的摺疊小刀，雕刻出小叉子和水槍。

一路上，德羅西不時停下來，告訴我們各種昆蟲和植物的名稱，我真想知道，他到底為什麼懂得這麼多的知識；卡羅納一邊津津有味地吃著麵包，一邊聆聽大家的談話，臉上掛著燦爛的笑容；平時嬌生慣養的沃提尼也和大家一同在草地上玩得不亦樂乎。

我們來到坐落在小山頂的村落，在這裡休息了一會兒之後，便沿著下坡往山下前進。大家有的跳躍，有的翻滾，有的乾脆坐著往下滑，磨破了衣服。納利不小心在灌木叢中摔了一跤，劃破了衣裳，幸好科列帝恰巧帶著別針，他靈活地用別針把納利衣服上的破洞別起來，讓衣服看起來完好如初。

我們時而頂著烈日，時而走在樹蔭下，有時上坡，有時下坡，越過一個個山間盆地，走過許多崎嶇的羊腸小徑。最後，大家汗流浹背、氣喘吁吁地登上另一座山頂，然後坐在草地上開始享用各自帶來的點心。

從山頂上往下眺望，無邊無際的綿延草地盡收眼底，白雪皚皚的阿爾卑斯山群峰高聳入雲。我們個個飢腸轆轆，一拿出麵包就開始狼吞虎嚥起來。老科列帝用葫蘆葉把香腸包起來，平均分配給大家。我們一邊吃，一邊談論著老師、其他同學和考試的事情。

納利因為剛才跌倒，給大家添了麻煩，所以有點不好意思吃東西，卡羅納見狀，立刻將自己手中的食物塞進納利的嘴裡。科列帝盤腿坐在爸爸的身邊，兩人看起來不像父子，反倒像一對兄弟。他們倆緊緊靠在一起，臉頰泛著紅暈，笑容滿面，露出雪白的牙齒。

老科列帝一邊開懷暢飲，一邊說：「喝酒對你們這些正在讀書的孩子來說，有害身體健康，但對賣柴的人而言，卻是生活中不可或缺的好夥伴。」

接著，他輕輕捏了捏科列帝的鼻子，對我們說：「孩子，請你們好好愛護我的兒子吧，他什麼都替別人著想，真怕他吃虧呀！」

大家一聽，都噗哧一笑。

老科列帝繼續說：「唉，時光匆匆流逝，你們現在這麼要好，可是再過幾年，誰知道會變成怎麼樣呢？恩利科、德羅西和沃提尼可能會成為律師或教授，其他三個人可能成了店鋪老闆或找到其他工作，天曉得呢？到了那時，就要說聲：夥伴，再見了！」

德羅西回答：「才不會呢！對我來說，卡羅納永遠是卡羅納，納利永遠是納利，其他人也都一樣。我就是成了國王，也絕對不會忘記你們。不管大家去了哪裡，我都會去探望你們的。」

老科列帝帶著敬佩的眼神看著德羅西，對大家說：「說得太好了！學校讓你們這群出身迥異的孩子，成為了一家人啊！」

他將杯中的酒一飲而盡後，又說：「四十九兵團四營萬歲！孩子，倘若你們將來成為了軍人，也要像我們當時那樣堅強勇敢啊！」

時間不早了，我們哼著歌，手牽著手飛奔下山。大家一直走到市區裡的廣場才互相道別，並約定之後要再一同到鄉間去遠足。

第八章　珍惜與知足

媽媽的話：罹患佝僂病的孩子

今天，我的身體不太舒服，於是請假一天沒去上學，和媽媽一起去了殘疾兒童學校。她打算介紹友人的兒子進入這所學校就讀，但是到了校門口，媽媽卻沒有讓我進去。

恩利科，你知道為什麼我不讓你進去嗎？因為把你這樣身體健全的孩子帶到那些不幸的孩子當中，太惹人注目了。他們和健康孩子比較的機會愈多，痛苦也就愈大。我進到學校後，看到這群孩子，不由得傷心落淚。

裡面大約有六十名學生，有的骨骼變形，有的手足僵硬，有的身形扭曲。其中也有面目俊秀、目光慧黠的孩子。有個小女孩的鼻子削尖翹起，下巴如同老太婆那樣嶙峋尖瘦，但是笑容卻像仙女般甜美動人。有的孩子正面看上去並

無大礙，但一轉過身子，就叫人難過得心都揪在一起。

醫生正在為他們檢查身體，他們站在凳子上，撩起衣服。醫生用手輕輕拍打他們鼓脹的肚子，摸摸腫大的關節。這些可憐的孩子一點也不會害臊，顯然他們已經習慣這樣脫衣服讓人從頭到腳檢查。現在他們正處於身體狀況良好的時期，幾乎感覺不到什麼疼痛，但又有誰知道，在他們身體變形的初期，曾經忍受多麼大的痛苦。

隨著病痛日益加重，這些可憐的孩子逐漸失去人們的疼愛，總是孤苦伶仃地待在陰暗的角落。他們營養不良，受人嘲笑，長期忍受繃帶的束縛與矯正器的折磨！看到他們隨著老師的口令，從凳子底下伸出戴著夾板、裹著繃帶的變形雙腿做體操，真叫人心疼。有的孩子由於腰弓背駝，站不直身子，只好屈著身體，倚著拐杖，一動也不動待在那裡；有的孩子想伸手張開雙臂活動筋骨，卻因為喘不過氣而臉色慘白，只好重新坐下，臉上卻還是堆滿笑容，企圖掩飾心中的焦慮與不安。

恩利科啊，像你這樣健康的孩子不懂得珍惜自己的身體，以為身體的好壞無關緊要，這是不對的。做母親的往往把活潑健壯的孩子當作寶貝大肆宣揚，為擁有漂亮的孩子而自豪。想到這裡，我恨不得把這些可憐的孩子緊緊抱在胸前。假如我一人生活，沒有家累，我真想對他們說：「我要永遠留在這裡，把人生奉獻給你們。我願做你們的母親，直到人生最後一刻為止。」

老師表揚這些孩子時，他們顯得非常興奮；老師走過他們的座位時，他們就去吻老師的手，表達他們深深的感謝與敬意。女老師對我說，這些小天使一個比一個機靈，而且都非常用功學習。老師是一位熱情洋溢的女子，她生活在需要她關切與呵護的孩子們之中，善良的面孔不時籠罩著憂愁。

親愛的姑娘，在所有憑自己的勞動勉強度日的人們當中，再也沒有任何人的工作比你的更為神聖了！

媽媽

五月九日：犧牲

我的媽媽非常善良，我的姐姐希薇亞和媽媽一樣，心胸寬闊、品德高尚。

這次的每月故事叫做〈萬里尋母〉，因為篇幅太長，所以老師請每位同學分別抄寫幾頁。昨天晚上我在抄寫時，希薇亞躡手躡腳地走進來，小聲對我說：「來，你和我一起去找媽媽。今天早上，我聽見爸爸和媽媽正在嘀咕些什麼，好像是爸爸的其中一筆生意失敗了，心裡很難過。媽媽安慰他，叫他別灰心喪氣。也就是說，我們家的經濟狀況不穩定了。爸爸說，全家人必須有所犧牲才能度過難關，所以我們兩個也得做出一些犧牲，知道嗎？我現在就去和媽媽說清楚，而你只要在旁邊點頭表示同意就行了。」

於是，我們立刻走到媽媽身邊。她看起來心事重重，正在做著針線活。我在沙發的一頭坐下，希薇亞坐在另一頭，她迫不及待地告訴媽媽：「媽媽，我們有話對您說。」

媽媽驚訝地望著我們，希薇亞接著說：「爸爸沒有錢了，對不對？」

「你在說什麼？」媽媽紅著臉問：「沒有這回事。你是聽誰說的？」

「是我自己發現的。」希薇亞語氣堅定地說：「媽媽，您聽我說，我和恩利科也得做出一些犧牲才對。您曾答應要買一把扇子給我，還有替恩利科買顏料，現在我們什麼都不需要，我們不想再多花錢了。」

媽媽想說些什麼，但是希薇亞搶先一步說：「不，就這樣，我們已經決定好了。直到爸爸的手頭寬鬆之前，我們不吃水果，喝湯就行了，早餐也只吃麵包，如此一來，我們就可以省下不少錢了。我們向您保證，即便如此，我們還是會和往常一樣開開心心的。恩利科，你說對嗎？」

我點頭如搗蒜，希薇亞用手捂住媽媽的嘴，繼續說：「我們還可以犧牲一些東西，例如不要再買衣服或其他任何奢侈品。我們可以變賣所有的禮物，我甚至願意把自己的物品全部賣掉。我可以幫您做家事，如此一來便可以省下許多幫傭費，只要您吩咐，我什麼都願意做，我已經準備好了。請讓我和恩利科一起替你們分擔吧！」

希薇亞摟住媽媽的脖子，柔聲地說：「只要能看到您和爸爸恢復笑容，我們願意奉獻出所有的一切。」

媽媽聽完這些話，高興得不得了，我從未見過她如此開心的模樣。她不停吻著我和希薇亞的額頭，眼裡充滿喜悅的淚水。媽媽叫希薇亞放心，家裡的狀況並沒有她想得那樣糟糕。媽媽一次又一次地對我們表達謝意，整個晚上都樂呵呵的。爸爸回來後，媽媽把一切都告訴了他。他聽完後欲言又止，卻還是什麼話也沒說。

今天早上，我和希薇亞坐到餐桌前準備用餐時，眼前的景象讓我們又驚又喜，因為我在餐巾底下發現了顏料盒，而希薇亞的餐巾下擺著一把扇子！

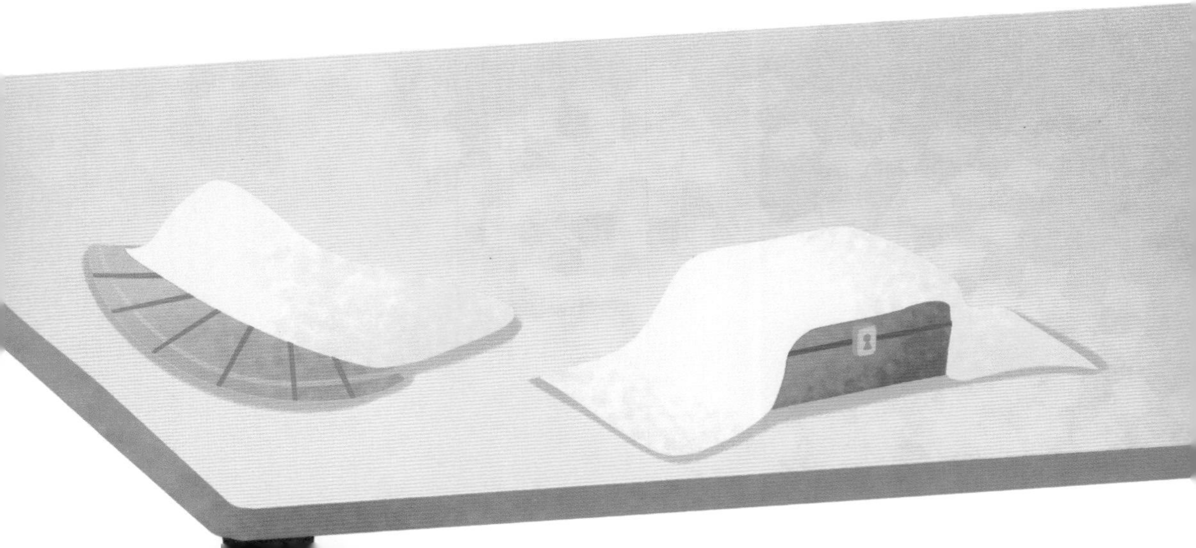

每月故事：〈萬里尋母〉

很久以前，一位熱那亞的十三歲少年，獨自一人前往美洲尋找他的母親。

少年的家庭屢遭不幸，他們窮困潦倒、債臺高築。母親為了養家餬口，兩年前到阿根廷首都布宜諾斯艾利斯的一個有錢人家當女傭。那時，在美洲做幫傭能得到豐厚的報酬，因此不少義大利女子長途跋涉到那裡去工作。可憐的母親哭乾了眼淚，捨不得離開兩個兒子，但是她最後還是鼓起勇氣，滿懷著希望出發了，整趟旅程一帆風順。

她的丈夫有一位堂兄在阿根廷首都開了家店，定居多年。母親抵達布宜諾斯艾利斯不久，便透過堂兄的介紹，在一戶心地善良的富人家裡工作。這家人不僅待她友善，還讓她照著事先安排好的方法，與家人保持通信：丈夫先把信寄給堂兄，然後堂兄再轉交給她；她給家人的信則先交給堂兄，堂兄在信上增添自己的近況後，再寄至熱那亞。

一年就這樣過去了。母親自從寄給家人一封簡短的信，提及自己的身體不太好之後，從此音訊全無。家人曾寫了兩封信寄給堂兄，但是也沒有下文。丈夫和兒子擔心她可能發生了不幸，於是寫信給義大利駐布宜諾斯艾利斯的領事館，請他們協助尋找。過了三個月，領事館回信說，他們在報紙上刊登了尋人啟事，但是既沒有人來領事館接洽會面，也沒有人提供任何消息。他們猜測，也許她認為當傭人有損家庭名譽，為了保全親人的面子，因此向服務的家庭隱瞞了真實姓名。

一天晚上，小兒子馬爾科語氣堅定地說：「我要到美洲去找媽媽！」父親沒有說話，只是不停搖頭嘆氣。從熱那亞到美洲至少需要花費一個月的時間，這對一個十三歲的孩子來說實在不容易啊！

可是孩子十分堅持，他天天懇求父親讓他去找母親，並且理直氣壯地說：「許多年紀比我小的人都去了呢！不就是坐船去嗎？只要坐上船就沒事了。到了那裡，我就去找堂伯父的店鋪，那裡有許多義大利人，一定會有人替我指路的。找到堂伯父，就等於找到了媽媽。假如找不到堂伯父，我就去找領事館，請他們協助尋找媽媽工作的那戶人家。那裡總能找到工作的，我也可以找一份工作賺錢，積攢回家的路費。」

父親猶豫片刻，最終還是答應了孩子的請求。他為孩子準備行李，給了他幾枚銀幣，把堂伯父的住址交給他，然後將他送上了船。

可憐的馬爾科雖然有著堅強的意志，準備面對旅途中最嚴峻的考驗，但一看到美麗的熱那亞從地平線上逐漸消失，沮喪的情緒還是一下子湧上心頭。

馬爾科在船上認識了一位善良的倫巴迪老人，他把家裡的遭遇如實告訴老人，老人拍著他的後腦勺，說：「孩子，放心吧，你母親肯定平安無事，她見到你會很開心的。」

啟程後的第二十七天，他們終於抵達布宜諾斯艾利斯，無邊無際的普拉塔河蜿蜒地流過這座城市，輪船在岸邊下錨停靠。馬爾科按捺不住激動的心情，他與倫巴迪老人道別後，立刻大步向城裡走去。

馬爾科來到第一個十字路口，叫住一個路人，向他打聽阿爾提斯大街該怎麼走。這個人正好來自義大利，他好奇地看著馬爾科，問他識不識字，馬爾科點點頭，於是那人指著馬爾科方才走過的街道，說：「每個轉角都寫著街道名，你只要一邊走，一邊注意轉角的街道名，就能找到那條街了。」

馬爾科向那人道謝後，就一直往前走。這是一條筆直且看不到盡頭的狹窄街道，兩旁是像別墅一樣的白色樓房，街上車水馬龍，行人熙來攘往，喧囂嘈雜的聲浪震耳欲聾。

馬爾科仔細查看每條街道的名稱，他走到一個十字路口，站在人行道上唸

出路口的街道名「阿爾提斯大街」。接著，他來到這條街上的第一棟房屋前查看門牌，是一一七號，而堂伯父的店鋪是一七五號。於是他加快腳步，飛奔至一七五號的門口前。

掛著一七五號門牌的房子是一家服飾用品店，馬爾科抬頭一看，見到一位頭髮灰白、戴著眼鏡的女人。

「請問這是法蘭西斯科．梅列里的店鋪嗎？」馬爾科問。

「唉，梅列里在幾個月前就過世啦！他的事業經營不善，便離開這裡了。聽說他去了一個離這裡非常遙遠的城市，過沒多久就病死了。現在這個店鋪屬於我的了。」

馬爾科的臉瞬間變得慘白，急忙說：「梅列里認識我媽媽，她在梅奎納茲先生家做幫傭，我們的信都是透過梅列里轉交給她，所以只有梅列里能告訴我媽媽的下落，我就是為了尋找媽媽才來到美洲的。」

女人回答：「可憐的孩子，我不知道你的母親在哪裡，不過我可以問問後院的那個男孩，他認識替梅列里買賣東西的年輕人，也許他知道些什麼。」

女人到店鋪後面去叫那名男孩，問他：「你還記得那個替梅列里做事的年輕人嗎？他是不是有時候會送信去給一個有錢人家的女傭？」

孩子回答：「是的，他有時會送信去梅奎納茲家，就在阿爾提斯大街的盡頭。」

馬爾科聽到後，立刻請男孩為他帶路。走了許久，他們倆來到一棟豪華的別墅前，馬爾科按了一下門鈴，一位小姐從裡面走了出來。

「請問這裡是梅奎納茲的家嗎？」馬爾科忐忑不安地問。

「他已經搬到哥多華去了。」小姐用西班牙腔調的義大利語回答。

「哥多華在什麼地方？他們家的女傭也跟著去了嗎？她是我媽媽啊！」馬爾科驚叫。

「我不知道，不過也許我父親了解詳情，請你們稍等一下。」

小姐跑進屋裡，不久之後，一位身材高挑、頭髮花白的紳士走了出來。他注視著馬爾科，然後用十分蹩腳的義大利語，問道：「你母親是熱那亞人嗎？」

馬爾科點了點頭。

「那就是了，我親眼看見她和梅奎納茲一家一起離開。」紳士帶著憐憫的神情，對馬爾科說：「唉，可憐的孩子，哥多華離這裡有幾百英里呢。」

馬爾科槁木死灰，幾乎就快要暈過去。紳士十分同情他，於是請馬爾科進屋，一同商討解決的辦法。紳士沉思片刻，然後坐到桌子前寫了一封信。他把信交給馬爾科，對他說：「你帶著這封信到離這裡約兩小時路程的波卡市，那坐城鎮有一半的居民是熱那亞人。到了

那裡，你就去找信上寫的這個人，那裡的人都認識他，你只要把這封信交給他就行了。明天他會安排你到羅沙略，並把你介紹給那裡的某個人，那個人會安排你去哥多華。到了哥多華，你就可以找到梅奎納茲家和你的母親了。喏，這些錢你拿去用吧。」

馬爾科向紳士道謝後，立刻出發前往波卡市。當天晚上，他暫住在波卡市一戶髒亂不堪的人家，一直到隔天黃昏，他才經由紳士的安排，搭上一艘開往羅沙略的大帆船。這次的航行持續了三天四夜，受盡煎熬的馬爾科最後終於在一個寒冷的清晨，抵達目的地。

上了岸，馬爾科拎著包袱，按照波卡紳士給他的名片，進城去找一位當地的紳士。他在街上東找西找，左拐右彎，大約繞了好幾個小時，終於找到了那位紳士的住處。他按了門鈴，一位面有慍色、粗壯高大的金髮男子探出頭來，毫不客氣地問：「你找誰？」

馬爾科說出紳士的名字。

那人回答：「昨晚，主人帶著全家到布宜諾斯艾利斯去了。」

馬爾科忍不住叫了起來：「但是，我……我非常需要他的幫忙啊！」

「唉唷，你是嫌你們這些討人厭的熱那亞人在羅沙略還不夠多嗎？快滾回你們義大利吧！」說完，立刻砰地一聲關上門。

馬爾科拎著包袱，漫無目的地走著。他把包袱放在人行道上，背倚著牆坐在包袱上，兩手抱著頭，絕望到了極點。時間就這樣一分一秒地過去，忽然間，有個人用夾雜著倫巴迪方言的義大利語問他：「孩子，你怎麼了？需要幫忙嗎？」

馬爾科抬頭一看，驚訝地大叫：「噢，是您！」

原來是馬爾科在旅途中結識的那位倫巴迪老人，他立刻把自己的遭遇告訴老人，並說：「我現在身無分文，必須找一份工作餬口，請您幫幫我吧！我什麼都願意做，只要有口飯吃，快點找到媽媽就行了。」

老人無可奈何地抓了抓下巴，對馬爾科說：「唉，找工作說來容易，做起來卻是難上加難啊！噢，不過我想到了一個辦法，你跟我來！」

馬爾科跟著老人，沿著街道走了好長一段路。最後，老人在一家旅店前停下來，旅店的招牌上畫了一顆星星，下面寫著「義大利之星」。老人伸長腦袋往店內看了看，興高采烈地回過頭，對馬爾科說：「我們來的正是時候！」

他們走進屋內，裡面有許多人正在喝酒聊天。老人走近第一張桌子，從他跟桌旁幾位客人打招呼的樣子來看，就知道他是不久前才認識他們的。那幾個人喝得滿臉通紅，時而大聲嚷叫，時而哈哈大笑。

老人站在那裡向大家介紹馬爾科，他說：「各位朋友，這個可憐的孩子是我們的同鄉，隻身一人從熱那亞到美洲來尋找母親，幾經波折後，他已身無分文。我們大家一起為他想想辦法吧！」

在座的人聽了，紛紛讚揚馬爾科的勇敢。有的人摸摸他的臉，有的人拍拍他的肩，還有人替他把包袱放在一旁。馬爾科尋母的事情不脛而走，立刻傳遍了整個旅店，不到十分鐘，老人的帽子裡就收集到了不少銀幣。

翌日，馬爾科滿懷著希望，啟程前往哥多華。天氣悶熱難耐，天空灰濛濛一片，空蕩蕩的火車在杳無人煙、無邊無際的田野上奔馳。馬爾科孤零零一人坐在長長的車廂裡，過了好幾個鐘頭，終於抵達目的地。

他飛奔出車廂，向一名鐵路員工打聽梅奎納茲家的地址，那人告訴他一座教堂的名字，並告訴他梅奎納茲家就在教堂附近。馬爾科聽了，立刻朝著教堂飛奔而去。走了許久，他終於看見了那座巨大而奇特的教堂，他向教堂內的神父問路，很快就找到了梅奎納茲家。他伸出顫抖的手按了門鈴，另一隻手緊緊按住胸膛，心臟撲通撲通地跳個不停。

一位老婦人提著油燈開了門，她問：「你找誰？」

馬爾科緊張地說：「我找梅奎納茲先生。」

老婦人雙臂交叉在胸前，搖搖頭說：「唉，又有一個要來找梅奎納茲的。我看啊，在報紙上刊登啟事還不夠，還必須張貼在馬路的轉角處，昭告天下梅奎納茲一家搬到土庫曼啦！」

馬爾科絕望地說：「我的天啊！我註定找不到我的媽媽了！土庫曼在哪兒？離這裡有多遠？」

「噢，可憐的孩子。」老婦人語帶同情地說：「土庫曼離這裡有四、五百英里遠呢。」

馬爾科雙手掩面，哭著問：「現在我該怎麼辦？」

老婦人沉思片刻，然後說：「孩子，你沿著這條街走到底，然後向右轉，走到第三戶人家的門口，你會看到一個庭院，那裡住著一位綽號叫『首領』的商人。明天，他會駕車前往土庫曼，你去問問他，看他願不願意帶你一起去。你告訴他，路上你可以替他做點差事，也許他會答應。快去吧！」

馬爾科拎起包袱，向老婦人道謝後，匆匆趕到「首領」的家。他看見有個身材粗壯的男人，正在指揮一些人將一袋袋糧食裝載到馬車上。馬爾科走到那人面前，告訴他自己的遭遇，並膽怯地向他提出搭便車的請求。

這個人就是「首領」，他上下打量了馬爾科一番，然後用生硬的口吻說：「沒問題，不過我不是去土庫曼，而是到聖地牙哥。你若搭乘我們的車，中途就得下車，然後步行一大段路才能到達土庫曼。」

馬爾科激動地說：「沒關係，我會自己想辦法走到土庫曼，請您可憐可憐我，讓我和您一起走吧，不要把我一個人扔在這裡。」

「首領」商人答應了馬爾科的請求，安排他睡在馬車上。隔天清晨，車隊浩浩蕩蕩地出發了。馬爾科一路上負責生火煮飯、餵食馬匹和打水。他和夥伴們同行了兩個多星期後，在前往土庫曼和聖地牙哥的交叉路口，和「首領」一行人分道揚鑣了。

馬爾科不停趕路，一直走到筋疲力盡才停下來。一星期過去了，他的體力急劇減弱，腳底磨出了鮮血，最後終於體力不支，倒臥在水溝旁。馬爾科仰望著滿天繁星，思念母親。

可憐的馬爾科，如果他知道母親現在病得有多麼嚴重，他一定會拿出超乎尋常的力氣加速行走，提前趕到母親那裡去。

他的母親罹患重病，正躺在梅奎納茲家一樓的臥室裡。梅奎納茲一家對她關懷備至，盡心盡力照料她。現在只有動手術才能拯救馬爾科母親的性命，但是無論梅奎納茲夫婦和醫生如何好言相勸，她就是不願意動手術。

主人叫她鼓起勇氣，並安慰她：「寄往熱那亞的信件很快就會收到回信，為了孩子一定得做手術啊！」

這麼長時間以來，孩子始終是她最放不下的羈絆，現在提到孩子，一股焦慮不安的情緒再次籠罩在她的心頭。她失聲痛哭，雙手合十地說：「我的孩子啊，也許他們已經不再人世！好心的主人，我衷心地感謝您為我做的一切，不過還是就這樣讓我平靜地死去吧，我已經下定決心了。」

馬爾科的母親閉上雙眼，不再說話。主人一直注視著眼前這位令人尊敬的母親，心裡無限同情。她為了自己的家庭，不辭辛勞來到外地工作，最後竟客死異鄉，真是太不幸了啊！

第二天清晨，馬爾科一瘸一拐地走著，終於來到了土庫曼。他向路人打聽到了梅奎納茲家的住址後，精神抖擻地繼續前進。

另一方面，醫生正在勸馬爾科的母親動手術，他費盡唇舌，卻依然無法使她改變心意。這時，隔壁房間傳來了匆忙的腳步聲，過了幾分鐘，梅奎納茲夫婦神色怪異地走了進來。

「有人來找你了，而且還是你最愛的人！」女主人興奮地說。

女人一聽，猛然抬起頭來，時而望著女主人，時而望著房門口，眼裡閃爍著喜悅的光芒。過了片刻，女人突然尖叫一聲，一骨碌爬起來。她雙眼圓睜，猶如一尊雕像一動也不動地坐在床上，彷彿看見了恐怖的鬼魅。

原來，醫生正拉著衣著破爛、滿身塵土的馬爾科站在房門口。

女人驚訝地連呼三聲：「天啊！天啊！我的天啊！」

馬爾科飛奔過去，母親伸出乾瘦的手臂，用盡全身力氣把兒子緊緊抱在懷裡。她欣喜若狂，不停親吻著馬爾科，連聲詢問：「你怎麼來到這裡的？你已經長這麼高了啊！馬爾科，真的是你嗎？我不是在做夢吧？」

接著，她轉過身，迫切地說：「醫生，我準備好了！你們快把馬爾科帶走，別讓他聽見。親愛的馬爾科，放心，我沒什麼事，以後我再告訴你。好，你快走吧！」

馬爾科被梅奎納茲夫婦帶開，只剩下醫生和助手留在房裡。梅奎納茲先生想帶馬爾科到遠一

點的房間，但馬爾科不肯走，像釘子般立定不動。

梅奎納茲先生一邊拉著他，一邊慢慢開導：「到這邊來，我馬上告訴你實情。你媽媽生病了，需要動一個小小的手術才能康復。」

馬爾科聽了，緊張地瑟瑟發抖。突然，一聲慘叫響徹整個房間。

馬爾科絕望地哭了起來，不停大喊：「我媽媽死了！」

過了一會兒，醫生從屋內走出來，對馬爾科說：「你媽媽得救了！」

馬爾科看了醫生一眼，然後撲通一聲跪倒在地，他一面啜泣，一面大喊：

「醫生，謝謝您！」

醫生急忙把馬爾科扶起來，溫和地告訴他：「起來吧，勇敢的孩子，是你救活了你的母親啊！」

第九章　珍重再見！

六月二十八日：感謝

七月四日就是期末考了，考試結束後，我們就要升上五年級了！

回顧這一學期，我覺得自己學到了不少新知識，能夠把想要說的和想要寫的好好表達出來，甚至連大人不懂的數學題我也會算了。我的理解能力大大提升，學過的知識大多都能融會貫通，對此我感到相當滿意。

在求學的路上，不知道有多少人勉勵過我、幫助過我，不論在家裡，還是在學校，都有人用各種不同的方式教導我許多道理，所以現在我要對各位致上最誠摯的感謝。

首先，我要謝謝我的好老師。您對我關懷備至，愛護有加，我學習到的一切知識，都是您辛勤教導的結果。其次，我要感謝德羅西。你是我最敬佩的同學，

當我遇到不會的習題時，你總是耐心為我講解，使我順利通過了考試。我也要感謝卡羅納，你的親切善良、慷慨大度深深影響了我，讓我逐漸養成良好的品格。另外，我還要感謝波列科西和科列帝，你們為我樹立了榜樣，告訴我「苦難之餘要堅強，勞動之餘要沉著」的道理。我衷心感謝你們，感謝所有的同學！

但我最感謝的人是我的爸爸，親愛的爸爸，您不只是我交到的第一個朋友，更是我的啟蒙老師，您給予我許多有益的教誨，教導我許多有用的知識。您為了我不辭辛勞地工作，總是自己承擔痛苦，想方設法提供我豐富的學習資源和美好的生活環境。我也要感謝慈愛的媽媽，您是我的守護天使，您與我同歡樂，共患難，陪我一起學習，和我一同哭泣。

現在我要像小時候一樣，跪倒在您的面前，說一聲「謝謝您！」從我出生到現在，您不斷為我犧牲，給予我無限的關愛，等我長大成人以後，一定會竭盡所能地報答您對我的無私奉獻！

媽媽的話：搬家

恩利科，這個學年到此結束了。現在我必須告訴你一個令人傷心的消息，這次和老師、同學們分開不僅僅是三個月，而是永遠。由於你爸爸調職，因此我們全家人得跟著他一起搬到別處，而你將進入一所新學校就讀。

我相信你非常喜歡現在的學校，四年來，你每天去學校，從中體會到學習的快樂。這所學校啟迪了你的智慧，你也結識了許多要好的朋友，你聽到的每一句話都將使你受益終身，你遭遇的每一次挫折都將使你增廣見聞。

你的同學們之中，有的可能慘遭不幸，很早就痛失父母；有的也許年紀輕輕，就死於非命；有的可能在戰場上英勇獻身；有的也許成為卓越正直的勞動階級，每天努力不懈地工作。說不定，還有人會成為國家的功臣，從此流芳百世呢。你要心懷感激，真誠地和每一位同學告別。

另外，請你把心靈深處的一部分留給學校這個大家庭吧！當你進入這個家庭時，還只是個懵懵懂懂的孩子，現在要離開時，已是個成熟穩重的少年了。

這個大家庭曾給予你無微不至的關懷，所以你爸爸和我感激不盡。

我的恩利科，學校就是母親，你千萬不能忘記她。即使你將來長大成人周遊世界，瀏覽過無數的千年遺跡和令人流連忘返的紀念碑，那樸實的白色小屋、緊閉的百葉窗和啟迪智慧的小校園，依然會永遠留存在你的心中。

媽媽

七月四日：期末筆試

令人緊張的期末考終於到了！

我們的監考老師是柯阿提先生，他長著滿臉黑鬍子，說話有如獅子咆哮，但從來不處罰學生。老師打開市政府送來的函件封條並抽出考卷時，教室裡頓時鴉雀無聲，就連呼吸聲也聽不見。他一邊大聲唸出試題，一邊用大大的雙眼東看西瞧，從他的眼神可以看出，他非常希望自己能夠告訴大家答案，好讓所有學生都能順利升級。

過了一小時，由於考題太難，不少人開始坐立不安。有的人急得低聲啜泣，有的人則是不停敲打自己的腦袋。其實，這些孩子答不出來並不是他們的錯。有的是沒有足夠的時間複習功課，有的是父母對他們漠不關心，以致荒廢了學業，有的則是單純考運不佳。

柯阿提老師在課桌間踱來踱去，連聲說：「孩子們，靜下心好好思考題目，千萬別著急！」

老師只要看見有人灰心喪氣了，就會張開獅子般的大口，裝出一副要吞下他的樣子，逗他發笑，緩和情緒。

十一點左右，透過百葉窗，我看見許多家長正在附近的街道上來回踱步，焦急地等待自己的孩子。波列科西的爸爸自從兒子得到第二名的榮譽獎章後，就下定決心痛改前非，努力工作養活全家。我看到他穿著深藍色的工作服，臉上沾滿煤灰，從工廠趕來接兒子放學。科羅西的賣菜媽媽和納利的媽媽也來了，她們倆雙眉緊促，焦慮不安地走來走去。

接近中午時，我的爸爸也來了，我看見他正抬頭望著我們教室的窗戶。噢，我親愛的爸爸！

考試終於結束了，所有的家長們立刻衝到校門口，急切地尋找自己孩子的身影。他們迫不急待地詢問考試的情形，一邊翻閱作業簿，一邊和其他家的孩子核對答案。

「考題總共有多少？」

「總分是幾分？」

「減法占多少分？」

「全都答對了嗎？」

爸爸從我手裡拿過考卷，看了片刻後，說：「很好！」

站在我們身旁的是波列科西的鐵匠爸爸，他也在核對兒子考卷上的答案。他有些地方看不太明白，於是焦急不安地問我爸爸：「請問您能告訴我這題的答案是多少嗎？」

爸爸告訴他答案，鐵匠瞄了一眼考卷，然後眉飛色舞地大喊：「我的兒子真是了不起啊！」

爸爸和鐵匠像兩位知心的老朋友，相視一笑。爸爸向鐵匠伸出手，鐵匠也緊緊回握住，場面十分溫馨。

我們和鐵匠寒暄了幾句後，便互道再見。離開時，我和爸爸還聽見鐵匠高興地哼著歌呢！

七月七日：期末口試

今天上午進行口試。八點整，我們都已在教室就坐。八點十五分時，學生陸陸續續被叫到大廳應試。大廳裡擺放著一張寬大的長方形桌子，上面鋪著一塊綠色的桌布。桌旁坐著校長和三位老師，我們班的老師也在其中，我是第一個被叫進去應試的學生。

今天考試時，我完全能夠感受到班導師有多麼愛我們！每當別的老師向我們提問，他便目不轉睛地看著我們，當我們回答得含糊不清時，他就坐立不安；當我們回答得好，他就眉開眼笑。他全神貫注地關注著我們的一舉一動，不時用手勢、點頭或搖頭向我們示意，如果他能發言，他肯定會把答案統統告訴我們。我真想當著所有人的面，用洪亮的聲音對老師說：「謝謝！謝謝！」

口試結束後，我趕緊回到教室，然後在卡羅納的身旁坐下。雖然期末考終於結束了，但是我一點也開心不起來，因為我即將要和好朋友們分開了。

我還沒把轉學的事情告訴任何人，但是他們遲早都得知道，於是我鼓起了勇氣，告訴坐在我旁邊的卡羅納：「今年秋天，我們家因為爸爸調職，所以要搬到別的地方去了。」

「這麼說，你不能和我們一起上課了嗎？」卡羅納問。

「對。」

卡羅納沉默不語，過了一會兒，他問我：「你會永遠記得我們嗎？」

「那當然！」我回答：「放心，我絕對不會忘記大家！」

他神情嚴肅，目不轉睛地注視著我，炯炯有神的目光似乎正傾吐著心中的千言萬語，不過他什麼話也沒說，只是朝我伸出了手，我緊緊握住他那隻厚實有力的手，難過得說不出一句話。

這時，老師滿臉通紅，歡欣雀躍地快步走進教室。他對大家說：「各位真是了不起啊！到目前為止，進去口試的同學都答得不錯，希望還沒有應試的同學能再接再厲。加油，我由衷為你們感到高興！」

老師離開時，故意假裝在門口絆了一跤，還誇張地用手扶著牆壁，一副差點摔倒的樣子。我們了解老師這麼做是想表達他的喜悅之情，也是想逗我們開心。平日的老師總是板著臉孔，他突然做出這樣一個滑稽可笑的舉動，不禁讓全班同學又驚又喜，個個笑逐顏開。

見到老師那種有如孩子般的舉動，不知道為什麼，我的心裡很不好受。老師此時此刻的喜悅，大概就是他這九個月付出所有的愛心、耐心和操勞之後所換來的全部報酬。他為我們付出心血，多次抱病替我們上課。可敬又可愛的老師啊，他為我們付出了這麼多情誼與關懷，得到的回報卻少得可憐。

今後，不管歲月如何流逝，老師逗我們開心的那個畫面都會永遠烙印在我的腦海裡。倘若將來我長大成人，老師還健在的話，我一定會去探望他。到那時，我會向他重提這件深深觸動我心的往事，也會深情地親吻他那花白的頭髮。

七月十日：告別

今天是我們這學年最後一次來到學校，聽候老師宣布考試結果和領取升級通知書。學校附近的街道早已擠滿了家長和學生，大廳和教室被擠得水洩不通，就連老師的講臺前也圍滿了人群。

我們的教室簡直沒有可以站的地方了。卡羅納的爸爸、德羅西的媽媽、波列科西的鐵匠爸爸、科列帝的木柴商爸爸、納利的媽媽、科羅西的賣菜媽媽，以及其他我從未見過的家長都來了。四周人流如潮，來來往往，人聲鼎沸，如同置身於喧嘩熱鬧的廣場。

老師一進到教室，全班頓時變得鴉雀無聲。

老師拿起成績單，當場向大家宣讀：「波列科西，六十分，升級。科列帝，五十五分，升級。」

「德羅西，滿分七十分，以第一名升級。」老師大聲宣布。

在場所有的家長都認識德羅西，大家連聲稱讚說：「這孩子真是太厲害了！」

德羅西晃動著一頭金髮，望著媽媽微笑。

全班只有三、四位同學要補考，其中一個嚇得哭了起來，因為他看見站在門口的爸爸臉色陰沉，準備要懲罰他的樣子。

老師對他的爸爸說：「先生，恕我直言，這不是孩子的錯，誰都有倒楣的時候，你的孩子也不例外。」

接著，老師繼續唸道：「納利，六十二分，升級。」

聽到這裡，納利的媽媽用扇子給了兒子一個飛吻。

老師把所有人的成績都唸過一遍後，突然站起來說：「孩子，這是我們最後一次聚在這間教室裡了。這一年，我們成了好朋友，現在就要各奔東西了。可愛的孩子，我實在不想和你們分開……」

老師哽咽得無法說下去，過了一會兒，他才開口：「有時候，我情緒急躁，失去耐心，對你們發火；有時候對你們太嚴厲、太苛刻，這一切都是我一時衝動造成的，請你們原諒！」

「別這麼說！」家長們回應。

「老師您對我們太好了！」學生們也跟著附和。

「如果我有做得不好的地方，還請大家多多包涵。」老師接著說：「你們別忘記我啊！雖然明年我不再是你們的級任導師了，但我還是會經常在學校見到你們，你們將永遠留在我的心中。再見了，孩子！」

老師說完後，走下講臺來到教室中間，同學們個個站在課桌前和他握手。有的拉著他的手臂，有的撫摸他的衣角，還有人緊緊抱住他，難捨難分。最後，我們五十四位學生異口同聲喊道：「老師，再見！謝謝老師！祝老師身體健康！請永遠記得我們！」

老師心情沉重地走出班級，學生們也一窩蜂地跑了出去。學生和家長匯聚成喧鬧的人群，你推我擁，有的和老師互道再見，有的相互祝福，頻頻招手示意。走廊上，歡鬧的告別聲響成一片。

我和可愛的小泥瓦匠道別，他給我扮了最後一次兔臉；我和波列科西、卡羅菲道別，卡羅菲還送給我一張他珍藏許久的郵票。和所有同學一一告別後，我看見納利正在和卡羅納道別，納利哭得一把鼻涕，一把眼淚，連話都說不清楚了，卡羅納則面帶微笑地摸摸納利的頭，並替他擦乾眼淚。

他們難分難捨的情景感動了在場的每一個人，老師一手摸著我的頭，另一手摸著科列帝的頭，看起來十分不捨。就連總是嫉妒德羅西的沃提尼也走上前去，張開雙臂緊緊抱住德羅西。

我跑到爸爸和媽媽的面前，爸爸問我：「你和所有同學道別了嗎？」

我點點頭。

「如果你以前曾經做錯事，得罪了別人，現在就快去向那個人道歉，請求他的原諒。有這樣的事情嗎？」爸爸又問。

「沒有。」我回答。

爸爸朝學校瞥了最後一眼，深情款款地說：「那麼，再見了！」

「再見！」媽媽接著說。

而我一句話也說不出來了。

【知識小寶典】

①十九世紀義大利學校考試的計分法，以七十分為最高分數，學生必須及格才能繼續升級。

騎鵝旅行記

小鹿斑比

好兵帥克

森林報

史記故事

柳林風聲

叢林奇譚

彼得·潘

一千零一夜

杜立德醫生歷險記

魯賓遜漂流記

福爾摩斯

海倫·凱勒

岳飛

三國演義

智慧 × 勇氣 × 愛
追尋蛻變的成長旅程

一場突如其來的龍捲風，將女孩桃樂絲和她的寵物托托帶到了一個陌生國度。在這陌生的神祕世界，一位好心的巫婆指點她前往翡翠城，找到奧茲國的偉大魔法師幫忙送她回家。半路上，她遇見了渴望有個腦袋的稻草人，想要有顆心的錫樵夫，和希望變得勇敢的膽小獅子。四人結伴同行，踏上尋找智慧、愛與勇氣的旅程，儘管途中遭到邪惡女巫阻撓，仍不畏艱難勇往直前。讓我們跟隨他們的腳步，一起找到自我蛻變的契機吧！

大師名著
李曼・法蘭克・包姆
L. Frank Baum
【美國】

培養文學素養，啟蒙優良讀物

大師以透亮的眼光觀察生活和社會，
寫出最具反映真實人生的精采故事，
引人入勝的劇情和深得人心的角色，
將深刻感動孩子的愛、勇氣與智慧。

大師名著系列 003

愛的教育

從生活中學習的成長日記

ISBN 978-986-98815-0-0 / 書 號：RGC003

作　　者：愛德蒙多・德・亞米契斯 Edmondo De Amicis
主　　編：陳玉娥
責　　編：張雅惠
插　　畫：紅派克
美術設計：巫武茂

出版發行：目川文化數位股份有限公司
總 經 理：陳世芳
發行業務：劉曉珍
法律顧問：元大法律事務所 黃俊雄律師
地　　址：桃園市中壢區文發路 365 號 13 樓
電　　話：(03) 287-1448
傳　　真：(03) 287-0486
電子信箱：service@kidsworld123.com
劃撥帳號：50066538

愛的教育 / 愛德蒙多．德．亞米契斯 (Edmondo De Amicis) 作．-- 初版．-- 桃園市 ： 目川文化，民 109.04
面 ；　公分．--（大師名著系列 ； 3）
譯自 ： Cuore
ISBN 978-986-98815-0-0（平裝）
877.59　　109003552

網路書店：*www.kidsbook.kidsworld123.com*
網路商店：*www.kidsworld123.com*
粉 絲 頁：FB「悅讀森林的故事花園」

印刷製版：創奇設計印刷有限公司
總 經 銷：聯合發行股份有限公司
地址：新北市新店區寶橋路 235 巷 6 弄 6 號 4 樓
電話：(02) 2917-8022

出版日期：2020 年 4 月（初版）
定　　價：320 元

建議閱讀方式

型式	圖圖圖	圖圖文	圖文文		文文文
圖文比例	無字書	圖畫書	圖文等量	以文為主、少量圖畫為輔	純文字
學習重點	培養興趣	態度與習慣養成	建立閱讀能力	從閱讀中學習新知	從閱讀中學習新知
閱讀方式	親子共讀	親子共讀 引導閱讀	親子共讀 引導閱讀 學習自己讀	學習自己讀 獨立閱讀	獨立閱讀